情事のツケ

藍川 京

祥伝社文庫

目次

情事のツケ

1

「ごめんなさい。出ようと思ったら、急に大きな仕事が入ってしまったの。これからすぐに打ち合わせなの。こんど何か奢《おご》るから許して」

知沙代《ちさよ》は早口でそう言った。いかにも多忙だという感じが伝わってくる。

「商売繁盛でいいじゃないか。ふられた男はひとり淋《さび》しく帰るしかないな。その代わり、今度はこってりやるからな。許してと言ってもダメだぞ」

「ふふ、そんなこと言うんなら、うんと体力つけといてよ。このごろバテぎみじゃないの？」

「ははは。きついお言葉。じゃあな」

酒巻浩史《さかまきひろし》はクッと笑って受話器を置いた。

知沙代はやり手のグラフィックデザイナーだ。まだ二十七歳だが、去年、自分で事務所を持った。

男っぽいあっさりした性格が浩史は気に入っている。かといって、女らしくないというわけではなく、初めて知沙代に会った男は、たいてい野性的な色気に圧倒される。女王様タイプかもしれない。

今夜は知沙代を抱けるとわくわくしていただけに、パブの片隅《かたすみ》の電話ボックスから出たとたん、浩史はため息《いき》をついた。

妻子がいるものの、知沙代とつき合いはじめて一年半になる。グラマーな知沙代の躰《からだ》には、まだまだ飽《あ》きそうにない。そのうえ美人で頭がよく陽気で、こんな好みの女など、なかなかいない。知沙代とのベッドインはいつも楽しいし、知沙代とつき合うようになって、それまで以上にエネルギッシュに働けるようになった気がする。

浩史は三十五歳。電設資材を取り扱う大手の会社に勤めている。

カウンターに戻ると、隣りに女が座っていた。

止まり木に座るとき、こちらを向いた女と目が合った。

触《さわ》りたくなるようなさらさらのストレートの髪が背中を覆《おお》っている。目のパッチリしたインド系の美人だ。

白のタンクトップから、豊満な乳房が突き出している。ピンクのミニスカートからはスラリとした脚《あし》が伸びている。浩史はしゃがんでスカートの中を覗《のぞ》きこみたくなった。

そんな服装をしているということは、ＯＬではなく学生だろう。

「ここ、邪魔？」

「いや、かまわないよ」

浩史の席はカウンターのいちばん端《はし》だ。

「でも、電話してたじゃない。彼女が遅いから呼び出してたんじゃないの？」

「仕事だよ。確かめなきゃならないことがあったんだ。まだ会社に残ってる連中がいるんだ」

電話をしている浩史を見て、女は、浩史のほうからどこかに掛けたと思っているようだ。

麻美《あさみ》は二十一歳。やはり学生だった。

知沙代とのデイトが流れたので、浩史は麻美と話を続けることにした。話していると、グイッと盛り上がったタンクトップ越しの乳房に、つい目がいってしまう。そんなものをすぐ近くで見せつけられては、普通の男なら誰でも肉棒が疼《うず》いてくるはずだ。

「彼、遅いじゃないか」

「あら、これからデイトだと思ったの？　ちょっと呑《の》みたくてひとりで入っただけ。でも、もうそろそろ帰らなくちゃ。学生でしょ。あんまりお金がないの」

麻美は肩を竦《すく》めて笑った。

「奢ってやるからもう一軒つき合うか」

麻美は、ホント？と目を大きくし、胸の前で小さく手を叩《たた》いた。

「こんなオジサンで悪いけどさ」

「やだ。まだ若いのに」

「君達から見ると、三十過ぎは完全なオジサンなんだろ？」

「オジサンというのは歳《とし》じゃなくて、生き生きしてるかどうかの問題だと思うけど」

奢ると言ったせいかどうか、麻美はグイとバーボンの水割りを空《あ》け、お代わりをした。

二軒目のスナックに移ったとき、浩史は麻美をホテルに連れ込むつもりになっていた。

麻美を素っ裸にしてグラマーな躰を見てみたい。思いきり、巨乳を貪《むさぼ》りたい。そんな思いが脳裏《のうり》で赤い火花となってちらついた。

「あーあ、少し酔っちゃった」

麻美は無防備に浩史の胸に顔を埋《うず》めた。

「出よう」

「えっ、もう少し呑みたい。少し酔ったって言っただけ」

麻美はグラスに残っていた水割りをグッと空けた。

「次はふたりきりで呑もう」

耳元で囁《ささや》くと、麻美はイヤとも言わず、ミニスカートと同じピンクの口紅を塗った唇をゆるめた。

2

知沙代と何度か利用したことがある渋谷《しぶや》のラブホテルは、ふた部屋以外は使用中だった。高いほうの部屋を選んで鍵を受け取り、エレベーターに乗った。

部屋に着くのが待ちきれず、浩史は麻美の唇を奪った。わずかにウィスキーの香りがする。舌を入れて口中をまさぐると、麻美の乳房が胸を押してくる。傍《かたわ》らにベッドがあれば、そのまますぐに押し倒すところだ。肉根がエレクトして、クイクイと麻美のスカートを押している。

エレベーターのドアがひらいた。

部屋に入るなり靴《くつ》も脱がず、浩史はそこで麻美の唇を塞《ふさ》いだ。

「くう……あう」

麻美はイヤイヤをして浩史の唇から逃《のが》れた。

「こんなところでェ」

怒っているような笑っているような、呆《あき》れた人ねという顔にもとれる。

「君があんまり可愛《かわい》いからさ」

照れ笑いをしながら靴を脱いだ。

今度こそ押し倒したいところだが、また何か言われそうで、浩史は先に風呂に向かった。

球を半分にスパッと切ったような、半球形の透明な浴槽だ。それが四角い枠《わく》にすっぽり収まっている。

浴槽の下は空間になっていて、ベッドのある部屋のほうからそこに潜《もぐ》り込める。つまり、浴槽に入っている者の、脚や臀部《でんぶ》を下から猥褻《わいせつ》に眺《なが》められるしくみだ。

知沙代とここに来たときは、そのつど下から覗いた。覗かれているほうも、下を向きさえすれば、誰かがいるのはわかる。知沙代は面白《おもしろ》がって、わざと脚を開いて見せたりした。

蛇口を捻《ひね》って戻ると、麻美はビールの栓《せん》を抜いたところだった。

浩史はネクタイをゆるめ、背広を脱いだ。

「まだ呑むのか」

「だってェ、今度はふたりきりで呑もうって言ったじゃない。はい、どうぞ」

浩史の前に置いたグラスにビールを注《つ》いだ。

「やさしいオジサマ……じゃない、お兄さまにカンパーイ」

二十一歳ともなると、こんなところに来るのに慣《な》れているのか、ラブホテルにいるという感じではなく、さっきのスナックの続きといった感じで吞んでいる。

「なかなか可愛い風呂だった。入るぞ」

「まだやーよ。もっと吞むんだもん」

焦《じ》らせているつもりか、本当に酒が好きなのか、十四歳年下の女の本心が浩史にはわからなかった。

「風呂に入らないなら、このまま押し倒してアソコをナメナメするぞ」

麻美の横に移った。

「やらしい。さっきまで紳士と思ってたのに。ふたりきりで吞もうって言うからついてきたのよ。エッチするなんて言ってないもん。そう堅く約束したでしょ」

麻美は自分でビールを注いだ。

そんな約束などしていない……？　何を言ってるんだと、浩史は麻美がそのグラスを手にする前に、さっと腰を掬《すく》った。強引にベッドに運んだ。

「やっ！　しない！　だめっ！」

こんなところまで来て「しない」はないだろう。胸を押して抵抗する麻美のタンクトップをずり上げ、ブラジャーのフロントホックを外《はず》した。

甘ったるい肌の匂《にお》いと同時に、ポワンと巨乳が弾《はず》み出た。押し込められていたものが、いかにも、自由になりました、という感じで、プルンプルン跳《は》ねる。タンクトップ越しに見て想像していたより、うんと大きい乳房だ。ピンクの淡い乳暈《にゅううん》が大きく、乳首は熟《う》れはじめた果実のようで初々《ういうい》しい。

「だめ！　しないでっ！　お願いっ！　許して！」

ラブホテルに来て、つい今しがたまで堂々としていたくせに、いまさら「お願いっ」も「許して」もないはずだ。仰々《ぎょうぎょう》しく暴れて抵抗する麻美を押さえつけた。

「抵抗したってむだだぞ。俺の力にかなうはずがないんだ。すぐにシテとねだるようになるんだろ」

浩史はすぐさま果実を口に入れた。

「あう」

ピクッと躰が硬直した。

口に入れた果実を舌で転《ころ》がしたりつついたり吸い上げたりしていると、麻美の躰がフニャフニャになってきた。

「あはっ……ああん……」

眉間《みけん》に皺《しわ》を寄せ、ピンクの唇から喘《あえ》ぎを洩《も》らしている。抵抗が激しかっただけに気抜けする。変わった女だと苦笑したくさえなる。

乳首を弄《もてあそ》びながら、浩史の手はスカートを捲《まく》り上げ、小さな布片に辿《たど》り着いた。ハイレグだ。ほとんど紐《ひも》という感触しかない。それでもちゃんと秘園の部分は二重底だ。布越しに指でスリットをなぞった。湿っている。

執拗《しつよう》に凹《くぼ》みにそって指を動かしていると、わずかな湿りがまたたくまにじっとりとなってきた。

「ああん……ああ……」

乳首と女園を同時に触られて、麻美はますますいい声を出すようになった。

乳首はコリコリとしこっている。

浩史はハイレグの中に指を入れた。やわらかい翳《かげ》りも湿っぽい。直接柔肉の狭間《はざま》を指で触ると、花びらや肉芽の周囲もヌルヌルでいっぱいだ。

「こんなにジュースを出してるじゃないか。気持ちいいです、ということなんだぞ」

「だって、気持ちいいもん」

麻美はそう言って、アハッと鼻から甘い喘ぎを洩らした。

現金な奴だと思ったが、男から見ると可愛い女だ。

スカートとショーツを、手と足を使って腰から抜き取った。

タンクトップをずり上げられ、下半身が剝《む》き出しになった麻美は、素っ裸より猥褻だ。オスの本能を激しくくすぐった。

薄目の翳りが小麦色の丘にちょこんと乗っていて、それも愛らしい。太腿《ふともも》を押し広げようとすると、麻美は力を入れ、前以上に堅く閉じた。

「いや。お風呂」

「風呂に入れと言ったのに、すぐに入らなかったじゃないか。このまま汚れたオ××コを見せてもらうからな」

「やっ！　ヘンタイ！」

「どこが変態だよ。ほら、見せろ」

「やっ！　だめっ！　あ……」

あげくに太腿をこじ開けられ、麻美は気の抜けたような声を出した。

饐《す》えたような動物的な、あの何ともいえないクラクラする女の秘部の匂いが浩史の鼻孔《びこう》をくすぐり、脳を激しく刺激した。

この匂いは男をオスにし、肉棒をエレクトさせる妙薬だ。この匂いを嗅《か》いで勃起しなくなったらおしまいだと、浩史は常々思っている。浩史の股間《こかん》は元気いっぱいだ。いつでも挿入《そうにゅう》できますと、ズボンの中でピクピク頭を持ち上げている。

もう一度顔を女園に突っ込んで、肺いっぱい匂いを吸い込んだ。それからヌルヌルで洪水になっている秘芯をペロリと舐《な》め上げた。

「あはあ……」

若々しく豊満な尻肉がシーツから持ち上がった。

二枚の花びらを交互に吸い上げ、唇に挟み、舌でひらひらと弄んだ。

「あは……いい……あん……気持ちいい」

シーツを握って臀部をピコピコ持ち上げたり落としたりしながら、麻美はいくらでも蜜液を溢《あふ》れさせた。

花びらから肉芽に口を移すと、昂《たか》まっていた麻美は、一気に絶頂を迎えて痙攣《けいれん》した。

「くううっ……んんん」

鼠蹊部《そけいぶ》がつっぱり、秘口はヒクヒクと収縮を繰り返しながら蜜を噴《ふ》きこぼしている。

「麻美！」

ほんの数秒で服を脱ぎ捨てた浩史は、ひくついている女壺に剛直を突き刺した。

「ああっ、おっきい……」

浩史の背中に腕をまわしてギュッと締《し》めつけながら、麻美はクイクイと腰を動かした。

「おお、上等のモチモノだな。よく締まる」

やわやわとして暖かい肉ヒダに剛直を差し込んでいると、浩史はいつも男に生まれてよかったと思う。この感覚は女にわかるはずがない。

「オクチ気持ちよかった。上手ね。でも、私くらいの歳の男の子は、ぜったいにお風呂に入ってからしかペロペロしないの。だって汚いもん」

「好きな女のソコは、いつだって汚くなんかないんだ。風呂に入らないとペロペロできない男とはつき合うな。愛情が薄いんだ」

くふっと笑った麻美だが、浩史がキスをしようとすると唇を堅く閉じ、顔をそむけてしまう。どうやら、風呂に入る前のソコに口戯《こうぎ》を施《ほどこ》され、唇を合わせたくないのだ。自分の秘園にもかかわらず汚いと思っているのかもしれない。浩史にはその感覚が理解できなかった。だが、キスは諦《あきら》めた。

まずは正常位からスタートだ。子宮に届くほど深く腰を沈める。

「ああっ、凄《すご》い。お腹《なか》に突き抜けちゃう」

深く入れるほど麻美は歓喜の声を上げる。

男は単純だ。麻美が悦《よろこ》んでくれていると思うとそれが嬉《うれ》しくて、グイグイと子宮壺に届くように必死に腰を動かしてしまう。

横臥《おうが》から背向位に移り、四つん這《ば》いにした。

抽送のたびに、下を向いた巨大な乳房がユサユサ揺れる。くびれたウェストあたりをつかんで腰を動かすと、豊満な尻肉もいっしょに動く。

ストレートの長い髪が頰《ほお》の両側に垂《た》れて、それも麻美の悦びを代弁しているように揺れ動いている。

「ああっ、我慢できない！　イキそう」

「イケ！　いっしょにイクぞ！」

これまで以上にグイッと腰を沈めると、麻美は、ああっ、と声を上げて昇天した。

3

昨夜はいい思いをした。

浩史はまだ麻美との一夜限りの恋の余韻に浸《ひた》っていた。

午前二時の帰宅だったので、すでに妻は眠っていた。こんなときは起きていられるより、ぐっすり眠ってもらっていたほうがいい。もういちどシャワーを浴《あ》びて情事の残り香を消し、そっとベッドに入った。

今朝は爽快な目覚めだった。

その気分を壊されたのは、昼休み直前の電話だった。

「酒巻さん、三番の電話です。ふふ」

窓際のデスクの女子社員が含み笑いをした。

「はい、酒巻です」

知沙代からか、と思った。だが、知沙代は浩史が妻子持ちと知っているし、よほどのことがない限り、会社に電話してくるはずがない。連絡は浩史のほうからのことが多い。

「酒巻浩史さんですね」

「はい、そうですが。どなたですか」

「わ・た・し。麻美よ。買って貰《もら》いたいものがあるの。これ」

麻美からの電話というだけでギョッとしたのに、「これ」が何かわかったとき、もっとギョッとした。

『風呂に入らないなら、このまま押し倒してアソコをナメナメするぞ』

『やらしい。さっきまで紳士と思ってたのに。ふたりきりで呑もうって言うからついてきたのよ。エッチするなんて言ってないもん。そう堅く約束したでしょ』

『やっ！　しない！　だめっ！』

『だめっ！　しないでっ！　お願いっ！　許して！』

『抵抗したってむだだぞ。俺の力にかなうはずがないんだ。すぐにシテとねだるようになるんだろ』

浩史の心臓はたちまち激しい音をたてた。

「ふふ、これ、買ってくれるでしょ。オジサン……じゃない、お兄さまはスッゴクやさしかったから五十万円でいいわ。ダメなら、会社のみんなに電話で聞かせるわ。そして、最後は奥様に買って貰おうかな。子供さん、女の子だから、私とエッチしたと知ったら傷つくかなァ。今日中じゃ可哀想《かわいそう》だから、明日中に買ってね。どこで会う？」

嵌《は》められたとわかった。

カウンターの席が他に空いていたにもかかわらず、浩史の横に座ったのも、ホテルでコトに及ぼうというときに、いきなり不自然に拒絶したのも、すべて麻美の策略だったのだ。

浩史にとってまずい部分だけを繋《つな》いでいるのだろう。甘い声を洩らしながら抱かれている部分はすべてカットしているはずだ。

(チクショウ！　何て女だ。あんなに可愛い顔をしてやがったくせに)

シャツの下を汗が流れていった。

「わかった。じゃあ、弟さんなら、呑めるところがいいんだろう？　相談ごとっていうのは、呑みながらがいいんだ。男同士の話はそういうもんだ。だけど、まずは喫茶店で落ち合うか」

まわりが聞き耳を立てているような気がして、浩史は「男」を強調するむなしい芝居をしながら、ある喫茶店を指定し、時間と場所を告げて切った。

「なんだ、不倫じゃないのォ？」

浩史に電話をまわした女子社員が、わざとらしく落胆して見せた。

「不倫か。いちどくらいしてみたいもんだ。だけど、うちのカミさんは恐ろしいからな」

浩史は平静を装《よそお》ったが、内心穏やかではなかった。

十二時になった。いつもなら空腹のため、一分でも早く昼食にありつきたいと思うのだが、それどころではない。

二十一歳の小娘が人に酒を奢らせ、ホテル代を払わせ、いい思いをして、あげくにありがとうでもなく、五十万円もの大金を寄こせと言っているのだ。まるで子供が、百円頂《ちょう》戴《だい》、と母親に手を出すような安易さで。

怒りで血管がちぎれそうになった。そのあと、どうして会社の電話番号がわかったんだと疑問が湧《わ》いた。酒巻という名前も教えなかったはずだ。麻美は教えてくれとも言わなかったし、一夜の相手なら、オジサンかお兄さんでいいと思った。子供が娘だというのもなぜわかったのだろう。

浩史は名刺入れを出した。

「一、二、三……」

九枚しかない。

「やられた……」

浩史は舌打ちした。

いつも十枚の名刺を入れておく。社内で誰かに渡したときは、帰りには十枚になっている。外で人と会って渡したら、翌朝会社で十枚にする。そんな癖《くせ》がついていた。

それが九枚しかないということは、ホテルで麻美にこっそり抜き取られたということしか考えられない。そして、娘の写真は定期入れに入れている。この分では、定期入れを見て、家の住所や電話番号も控《ひか》えているかもしれない。

ついスケベ心をおこして、コトが済んだあと、先に麻美を風呂に追いやった。透《す》けた浴槽に入っている麻美を下から覗くためだ。

麻美の尻肉がぴたりと浴槽にくっついて、双丘の谷間が卑猥《ひわい》だった。それを浩史はウハウハと眺め、また肉棒を反《そ》り返らせた。

麻美はそんな浩史に気づき、脚を広げた。激しい交合のあとで、花びらが充血してぼってりとふくらんでいた。それがレンズになった透けた浴槽越しに拡大されて見え、美しくも猥褻このうえない眺めだった。

そのあと麻美と風呂を交代した。麻美は浩史が風呂に入っている間に、背広をゴソゴソやっていたのだ。

(ああ、俺としたことが……)

いい気になって鼻の下を長くしていた自分を考えると、情けないやら悔《くや》しいやらでいっぱいだ。

五十万円という金は、妻子持ちにとっては、右から左へと簡単に動かせる金ではない。

(サラ金か……いや、サラ金は身を滅ぼす第一歩だ)

さんざん悩んだあげく、まずは知沙代に金を借りようという結論に達した。

よく使う待ち合わせの喫茶店には、知沙代のほうが先に着いていた。

「金を貸してくれ? それも五十万円? 今日中にと言ったわね。どうしたっていうのよ。聞き間違いかと思ったわ」

「いや、急に弟が訪ねてきて、女でしくじったからと言うんだ。いくら何でも女房には言えないだろ」

弟をダシにした。

だが、知沙代はそれを聞くなり、浩史の目を正面からじっと見つめた。

「そんなに見るなよ……」

「何が弟よ。女でしくじったのはあなたね」

断定的な口調だ。

「いや、弟が……」

浩史はたじろいだ。

「男の嘘って、どうしてこう間《ま》が抜けてるの。特にあなたの嘘はどうしようもないわね。きのう、何があったの。私があそこに行けないと電話したから、横に座ったカワイコちゃんとでもホテルに行ったわけ？」

どうしてそこまでわかるんだと、浩史は知沙代が恐ろしい女に思えた。思わず唾《つば》を飲み込んだ。

「あらあら、その顔、そうですって言ってるわね。五十万円貸して欲しけりゃ、洗いざらい話すことね」

八つも年下の女に、浩史は完全に敗北だ。他の女に手を出して金をせびられ、知沙代ともおしまいになるのかもしれない。最悪だ。

浩史は大きなため息をついた。

「実は……」

女が酔っていたからと、浩史はところどころ適当な嘘を入れながら話した。だが、五十万円を要求されているからには、ホテルに行ったことは話さなくてはならない。知らない間に名刺を抜き取られていたことや、ボイスレコーダーに声を録音されたこと。それが抵抗する女を無理にという感じになっていたこと……。

「ばァか。ドスケベ。間抜け。そんな男を好きになった私の情けない気持ち、わかる?」

さんざん悪口を叩かれたが、浩史には返す言葉もない。

「女でしくじったのが想像できたから、先にこれ貰ってきたのよ。書き込んで」

差し出されたのは離婚届だ。

「え?　どうして……」

「いいから、あとは私に任せなさい。黙って小娘に五十万円やるつもりだったの?　情けないわねェ」

保証人の欄にはふたりでひとりずつ、左手で書いた。安い印鑑を買って、あっという間にニセ夫婦の離婚届ができあがった。

知沙代は婚姻届も浩史に記入させた。

4

「あなたが麻美さん？　私、酒巻浩史の妻ですけど」

予想外の女の出現に、麻美が驚いている。

「夫に話は聞きました。夫とあなた、愛し合ってるんですって？　いいわよ、あんな男、くれてやっても。女と見るとすぐに手を出すのよ。私も別れたいと思っていたところ。はい、これが離婚届。婚姻届にはちゃんと夫の名前が書いてあるわよ。ここに、あなたの名前も書いてちょうだい。明日から夫婦になれるわよ。私が区役所に出してきてあげるわ。嬉しい？　その代わり、慰謝料いただくわよ。妻がいるとわかって肉体関係を持ったんでしょう。はい、慰謝料の請求書。いやなら、弁護士をたてますからね」

何が何だかわからないでいる麻美を、知沙代は浩史の妻として一方的に脅《おど》した。金を取るつもりが慰謝料と言われ、結婚までさせられようとしている。麻美は青くなっている。

「学生ですって？　あなたにお金がないなら、親御《ご》さんに払ってもらいますからね」

「一昨日《おととい》はじめて会ったんです。結婚なんて……」

「あら、慰謝料払いたくないからそんな嘘つくの？　夫はあなたと結婚したいと言ってるわ。ずっとつき合ってたんでしょ。だから、夫はこんなものを書いたんじゃないの？」

二枚の用紙を突き出した。

「愛し合ってるところをボイスレコーダーにだって録音してると言ってたわ。よくそんな破廉恥《はれんち》なことが言えたもんだわ」

「いえ……私、旦那さんにレイプされたんです。だから……」

麻美は必死だ。

（やっぱり小娘だわ）

知沙代は内心、笑っていた。

「これ、ボイスレコーダーです。レイプされたんです。聞いてください。だから、謝《あやま》って貰いたくて……」

「レイプか何か知らないけど、夫は離婚届を書いてくれって言ったのよ。そして、あなたとの婚姻届まで用意してたのよ。何度かつき合って愛し合うようになったんでしょ。何よ、こんなボイスレコーダー。慰謝料は五百万円。今すぐ両親に電話してちょうだい！」

麻美の大きな胸が不安に喘いでいる。

「あの、ちょっとトイレに……」

麻美はトイレに立つ振りをして、そのまま戻ってこなかった。

5

知沙代の部屋に、浩史は思い詰めたような顔をしてやってきた。

「ボイスレコーダー、タダでいただいてきたわよ。でも、こっちのほうが面白いと思うわ」

麻美とのやりとりをこっそり録音したボイスレコーダーを出した。

「聞いてみたら？」

知沙代はにんまり笑った。

喫茶店で麻美と会った瞬間からの、知沙代の攻撃。たじたじになっている麻美。浩史は知沙代の迫力ある演技に喉《のど》を鳴らした。

「知沙代は凄い女だな……」

「惚《ほ》れなおした？　それとも、恐ろしくてオチンチンが縮んじゃった？」

知沙代は浩史の股間に手を伸ばし、ギュッとそこを押さえつけた。

「痛っ！」

「今度、こんな情けないことをしでかしたら、オチンチンちょん切っちゃうから」

浩史のズボンをずり下ろした。

「子供までいる人が小娘にお金せびられるなんて、ああ、恥ずかしいったらありゃしない。そんな男に惚れてる自分が、ほんと、情けなくなるわよ。だけどね、女って、ちょっと間抜けな男に母性本能をくすぐられるってことがあるの。男なんて、いつまでたっても赤ちゃんなんだもん。私のほうが八つも年下だってわかってんの？　しっかりしなさいよ」

剝き出しにした肉棒をまた、ギュッと捻りあげた。

「痛っ！」

顔をしかめた浩史が声をあげた。

知沙代も服を脱いだ。

知沙代の躰が照明の下で輝いている。麻美の乳房より小さいが、それは麻美が単に大きすぎたというだけだ。

掌《てのひら》にはとうてい収まりきれない形のいい乳房がツンと張っている。

肩の線からバスト、腹部、臀部へと連なるゆるやかな女の形。やや濃いめの翳り。すらりとした脚。

知沙代は女豹《めひょう》の匂いを漂《ただよ》わせた女だ。二十代で自分の事務所を持ち、やり手のデザイナーとしてやっているだけに、麻美などとはまるで雰囲気がちがう。

「浩史と結婚した女が可哀想。浩史をお父さんと呼ばなくちゃならない娘が可哀想。そこんとこ、わかってるの？　浩史と結婚した女が羨《うらや》ましい。浩史をお父さんと呼べる娘が羨ましい。そのうち、私にそう言わせてみなさいよ」

知沙代の裸体に、浩史の肉棒はすでに屹立《きつりつ》していた。知沙代は次々と浩史を責める言葉を吐いた。そうしながら、浩史に跨《また》がり、腰を落とし、自分の女壺に剛棒を沈めていった。

「おおっ」

知沙代に食われていく……。浩史はそんな気がした。

「あんな小娘を相手にしたオチンチンはお仕置きしなきゃ」

根元まで飲み込んだ肉茎を、知沙代はヒクッと女壺全体で締めつけた。

「うっ」

気持ちよさに、浩史はすぐにも射精しそうになった。

今度は秘奥のほうから入口に向かって、締め付けが微妙に変化する。まるで掌で剛棒を握って弄んでいるような自在な肉ヒダの動きだ。

「おおっ」

浩史の声と顔色を窺《うかが》いながら、知沙代は唇をゆるめた。

上に乗って膣《ちつ》ヒダだけを動かしたあとは、総身を浮かせ、沈める。

横になった浩史は、鼻から熱い息を噴きこぼしている。

「丸太ん棒になってるだけじゃなく、私のクリちゃんをオユビでモミモミしてくれてもいいんじゃない？」

浩史は慌てて、翳りの内側の肉のマメに手を伸ばした。コリッとしている。一年半触れて、指に馴染《なじ》んだいつもの肉のマメだ。

「知沙代のこれがいちばんだ」

「誰のものでも、触るたびにそう言うんでしょ」

知沙代の腰が激しく上下しはじめた。

(女房より麻美より、ほんとに知沙代のオマメがいちばん上等なんだ。男を悦ばせるテクニックだって。ネトネトしてない寛大な性格だって)

浩史はそう言おうとしたが、今にも爆発しそうな快感に、ただ短い叫びを上げるしかなかった。

肉のマメを浩史の腹部にこすりつけるようにしながら、知沙代がいっそう激しく腰を浮き沈みさせてくる。

（もう浮気はしないからな……）

妻子持ちの立場でいながら、浩史はめくるめく絶頂を迎える瞬間、知沙代に対してそう誓った。

淫惑の天使

1

「野本《のもと》さんとこんなところに来るなんて思わなかった」

浴室から出てきた春菜《はるな》は、バスタオルの隅《すみ》を両肩のあたりでつまんでいた。長方形のバスタオルは、小柄な春菜の踝《くるぶし》近くまで垂《た》れ下がり、首から下を完全に隠している。バスタオルの凹凸《おうとつ》からして、胸のふくらみはBカップとCカップの中間ぐらいだろう。ないのも困るが、大きすぎるのも好みではない。ほどほどがいい。デルタの翳《かげ》りは薄くもなく濃くもなく……。

野本は今どき感心な苦学生の春菜の底抜けに明るい表情に笑みを誘われながら、ベッドから半身を起こして、バスタオルの下の裸身を想像した。

春菜は二十二歳。私立M大の二年生だ。今どき苦学生などという言葉は聞かなくなったが、春菜の場合、高校時代に親の会社が倒産し、借金のために大学進学も諦《あきら》めざるを得なかった。いったん就職したものの、どうしても大学に行きたいと、二十歳のときに受験して合格し、何とか順調に進んでいるという。

両親は借金返済がやっとで、仕送りはない。それどころか、春菜はさまざまなバイトをしながら学費を稼《かせ》ぎ、その一部を返済の足しにと、仕送りまでしているというのだから見上げたものだ。

少しでも安い国公立に行きたかったが、高卒後の二年間のブランクは大きく、国立О女子大に失敗し、受けるだけのつもりだったM大に受かった。さんざん悩んだあげく、どうしても大学に行きたいと、金銭的な苦労を覚悟の上で、入学したという。

野本の行きつけのスナック〈駝鳥《だちょう》〉に春菜が勤めはじめてから、まだひと月しかたっていない。家庭教師やベビーシッターなどのバイトもしているらしく、〈駝鳥〉には週に二回だけ勤めている。店は午前二時までだが、春菜は七時から零《れい》時までの勤めだ。スナック勤めにしては地味な白い木綿《もめん》のブラウスとスカートのことが多く、それもかえって客から好感をもたれていた。

苦労している顔を見せず、いつも明るい春菜だけに、野本はかえって何かしてやりたくなった。野本に限らず、気のいい常連客達は、食事に誘ったり、こっそり小遣いを渡してやったりしている。野本もそのひとりだ。

大手広告代理店に勤める野本は三十八歳。脂《あぶら》の乗りきった歳《とし》だ。仕事もバリバリしているし、セックスもまだまだ若い者達には負けない自信がある。しかし、〈駝鳥〉の客の誰もが見守っているような春菜と、こんなことになるとは思わなかった。

会社を出て駅に向かっているとき、偶然春菜と会った。

『どうしたんだ』

『この近くで、中学生の子の家庭教師のバイトをはじめたんです。でも、具合が悪くて早退してきたらしくて、今日はお休みになりました』

『交通費が無駄になったのか』

『いえ、急だったから悪いって言われて、半分下さったんです。何だか申し訳なくて。助かりますけど』

それから、飯でも食うか、と誘った。

食事をしていると、たまにはお客さんで呑《の》んでみたいなと、春菜は洩《も》らした。呑みに連れて行ってではなく、可愛《かわい》い言い方だったので、ふたつ返事で承知した。

『少し酔っちゃった……私、最初に野本さんに会ったときから大好きだったの……いっしょにいるとすごく安心できるの』

しなだれかかってきた春菜の甘やかな髪の匂《にお》いに、野本はムラムラとした……。

乳房ほどまであるストレートの髪は、黒に近い。化粧は口紅だけ。眉毛《まゆげ》も自然のままだが、整《ととの》えたようにきれいな曲線を描いている。目鼻立ちがはっきりしているので人形のように愛らしい。そして、清潔な感じがする。

まだセーラー服も似合《にあ》うのではないか。そう思えるほど童顔だ。とうてい二十二歳には見えない。

「おいで」

布団《ふとん》をめくって誘うと、春菜は躰《からだ》をバスタオルで隠したまま、現代っ子らしからぬしおらしさでゆっくりと近づいてきた。

「ちょっと向こう向いててね」

はにかむような顔を見せた春菜に、野本は反対側に顔を向けた。

すぐに春菜がもぐり込んできた。

顔を戻した野本は、背中を向けている春菜をうしろから抱きしめた。

ビクッとした春菜は、まるで処女のようで、なんともウブな感じだ。それに、素っ裸かと思っていたが、パンティを穿《は》いている。風呂から上がって、わざわざパンティを穿いたと思うとおかしくなる。

(まだ男を知らないんじゃないか? いや、まさかな)

ぼわぼわとしている乳房を揉《も》みしだくと、春菜はくふっと鼻から声を出し、むずかるように肩先をくねらせた。

ちょうど掌《てのひら》におさまり、つきたての餅《もち》のようにやわらかくて感触のいいふくらみだ。両方をいっしょにこねまわしたあと、乳首を指の腹で丸く揉みしだいた。

「はあっ……んんっ……あはっ」

ますます甘ったるい声を鼻から洩らした春菜は、感じすぎるのか、野本の手を退《の》けようとした。やわらかかった乳首は早くもコリコリとしこっている。

「どうして邪魔なものをつけてきたんだ。まるでバージンみたいだな」

うなじに息《いき》を吹きかけた。

「あは……バージンだもん」

「えっ？　本当か……？」

「ほんと。今日はまだバージン。ううん、しばらくずっとバージン」

なんだ、驚かせやがってと、野本は苦笑した。

春菜がバージンならよかったと思う一方で、妻子のある身でこんな可愛い女の処女をもらうのは罰あたりかもしれないという気もしたので、落胆するよりホッとした。

「質問のつづきだ。どうしてパンティなんか穿いてきたんだ」

「だって……」

「恥ずかしいのか」

「ふふ、そりゃあ、憧《あこが》れの人と初めてこんなこと……するんだもん……それに」

春菜は背を向けたまま肩を竦《すく》めた。

「それに何だ」

「あのね……」

春菜は思わせぶりな口調で言うと、クルッと反転して野本のほうを向いた。

風呂上がりの上気した頬《ほお》が童顔なりに色っぽい。すでに反《そ》り返っていた野本の剛棒は、ヒクッと単純に反応した。次の言葉を出そうとしている春菜のぷっくりした唇を、野本は乱暴に塞《ふさ》いだ。

「くっ」

不意の動きに身を引こうとした春菜は、グイと背中を引き寄せられ、息が止まりそうになった。野本の熱気と心臓の音が伝わってくる。

舌をこじ入れてきた野本に、春菜は最初、受け身だった。そのうち、チロチロとためらいがちに舌を動かし、唾液をむさぼるようになった。舌を絡め、ありったけの唾液を絡め取ろうとする。

見かけによらず、なかなか激しいキスだ。春菜がこれほど積極的になるとは予想もせず、野本は面食らった。それだけ自分への思いが強かったのだろうと、愛《いと》しさが増した。

野本も舌を絡めながら、パンティに手を入れた。ヒクッと春菜の総身が硬直した。それは、いかにも男に不慣れだというような感じがして、ディープキスをしているにもかかわらず、好感が持てた。そして、ますます欲情した。

翳りはやや濃いめかもしれない。しかし、やわらかい。汗をかいているので恥丘はもわっと湿っている。

翳りを載《の》せた肉マンジュウのあわいに、野本は焦《あせ》る気持ちとは裏腹に、そっと指をすべらせた。

「く……」

また春菜の躰がこわばった。

花びらが濡《ぬ》れている。二枚を交互に存分に触《さわ》り、その合わせ目の肉のマメをいじった。

「んくく……」

イヤイヤをして顔を離した春菜は、切《せつ》なそうな目をして眉間《みけん》に皺《しわ》を寄せ、熱い息を洩らした。

「可愛いオマメだ。感じるか。もう大きくなってきたぞ」

円を描くようにして揉みしだくと、ふにゃっとしていた肉のマメが、乳首を愛撫したときのようにコリッとしてきた。

鼻から荒い息をこぼしながら、春菜が尻をくねくねとさせる。すっかり女の顔になっている。

「オマメもぬるぬるしてきたぞ。太い奴が欲しいんだろう?」

春菜は、はあっ、と喘《あえ》ぎながら、切なそうな顔を向けるだけだ。

「シテと言わないとこのままだぞ。太い奴は入れてやらないからな」

春菜は泣きそうな顔をして尻をくねらせた。そして、自分から唇を求めてきた。さっき以上に深く舌を差し込んで唾液をむさぼろうとする。そうなると、野本も我慢できなくなった。

パンティをずり下ろし、片足から抜き取った。

「風呂上がりに、どうして邪魔なものをつけてきたんだ」

「だって……」

「なんだ」

「いやらしく脱がせてもらいたかったから……」

くふっと笑って視線をそむけた春菜に煽《あお》られ、野本は獣《けもの》になった。

亀頭で秘口を探った。ずいぶん濡れている。挿入《そうにゅう》する前に舐《な》めまわして蜜を味わってみたい欲求もあるが、どんな女壺か早く知りたい。今の言葉によって、一刻も早くひとつになりたいという思いしかない。

ぬかるんだ秘口に剛棒を沈めていった。

「ううん……」

口をあけて喘ぐいつになく悩ましい春菜の顔を見つめながら、野本はこの女に夢中になりそうだと思った。

熱くたぎった肉壺の心地よい締《し》めつけに満足しながら、野本はゆっくりと腰を浮き沈みさせた。

2

零時近い。

八人も座ればいっぱいになるスナック〈駝鳥〉には、六人の客が座っていた。

「ママ、掃き溜《はだ》めに鶴って言うが、駝鳥に鶴ってのは、何だかおかしいな」

五十歳になる薬局経営の三浦《みうら》が、勘定を払いながら笑った。髪にだいぶ白いものが混じっている。

「駝鳥に鶴か。そりゃおかしい」

客も笑った。

「掃き溜めで悪うございました。そのかわり、お釣りはなしよ」

三千五百円の勘定を請求したはずのママが、五千円札を受け取ってそっぽを向いた。

「そりゃないだろ。ほんとのことを言っただけじゃないか」

「はい、さようなら。また明日」

客達の間ではドラムカンで通っているだけに、自称四十五歳の太ったママが右手で三浦を払いのけるしぐさをすると、あとは退散するしかなくなる。

「わかった。釣りはきっぱり諦めた。春菜ちゃんのタクシー代にしてくれ。近ごろ、日本も物騒《ぶっそう》だからな」

「たった千五百円ぽっち？」

「わかったよ、ママ。これから、春菜ちゃんに寿司でもご馳走《ちそう》してやるよ。おい、小父《おじ》さんがうまい寿司屋に連れてってやる。一時間ぐらいいいだろ？」

「ほんとにいいんですか？」

「いいに決まってるだろ。うちのバカ息子ときたら、春菜ちゃんより年上だというのに、また会社の上役と喧嘩《けんか》して辞《や》めやがった。辛抱《しんぼう》しようとか苦労しようという気がまるでないんだ。春菜ちゃんの爪《つめ》の垢《あか》でも煎《せん》じて飲ませてやりたい。そろそろ時間だ。もう連れてっていいだろ、ママ」

他の五人の客達も三浦の言葉を支援した。春菜が困った顔をした。

「明日の朝はベビーシッターの仕事が入っていたのを忘れるところでした。近所の奥さんに、お昼まで頼まれているんです。それから大学の講義に出て、夕方には時間が空《あ》くんですけど、明日じゃだめですよね？」

「その小さな躰でよく働くな。躰を壊しちゃおしまいだぞ。今夜でなくていい。明日、うんとご馳走してやろう。春菜ちゃんとデイトと思うと、今夜は眠れそうにないな」

冗談めかして笑う三浦に、

「まちがっても猥褻《わいせつ》行為はするなよ」

客のひとりが、これも冗談を飛ばした。笑いがひろがった。

翌日、三浦と春菜は喫茶店で待ち合わせした。

「飯前に買い物に行こう」

「何を買うんですか？」

「春菜ちゃんの服やバッグや靴《くつ》だ。親孝行娘にプレゼントしてやろう。ご褒美《ほうび》だ」

「でも、そんな……」

「遠慮しなくていいんだ。うちの薬局は儲《もう》かってるんだ。シャネルやフェラガモと言われると困るがな」

「私、三浦さんにご馳走していただくだけでも何だか悪いなって思ってるんです。お洋服やバッグだなんて……」

「春菜ちゃんには今の質素な服が似合う。だけど、たまにはパッとしたのもいいんじゃないか？　今どきの大学生はおしゃれだからな」

新宿に出てIデパートへ行き、モダンで上品な黒の半袖のワンピースと揃《そろ》いのジャケット、黒いハイヒール、白いバッグ、締めて十万円ほどの買い物になった。

「嬉《うれ》しいな。私、着替えてくるから」

春菜はトイレに行き、すっかり別人のようになって三浦の前に現われた。普通の大学生からお嬢さんへの変身だ。いつもより大人っぽくなった。

「ほう、女性は着るものでだいぶ変わるな」

「髪もまん中からじゃなくて、少し横から分けたから」

大人びて見えたのは髪の分け方のせいもあるのだと、言われて初めて気づいた。

「ね、ゲーセン……ゲームセンターに行きましょうよ」

「ゲームをしたいのか」

「ゲームじゃなくて、一緒にプリクラを撮《と》りたいの」

はしゃぐ春菜は、もうそんな歳じゃないと逃げようとする三浦のジャケットの裾《すそ》をしっかりとつかみゲームセンターに入ると、プリクラの機械の方に進んだ。

こんなに恥ずかしい目に遭《あ》ったことはない。久々の梅雨《つゆ》の晴れ間とはいえ、ただでさえ湿度が高い。中高生達の視線に三浦はいっそう火照《ほて》った。どう考えても、ここに五十男は場違いだ。流れる汗をぬぐった。

春菜は三浦と並んで二種類の写真を撮った。ピンクのハートに囲まれたふたりと、ピンクや赤い花に囲まれたふたり。三浦はできあがったシールを眺《なが》めて照れた。だが、なかなかかいいできだ。

「買ってもらったお洋服を着て、真っ先に三浦さんと写真を撮りたかったの」

そう言う春菜に、こんな娘がいたらどんなに幸せだろうと、三浦はろくに口もきかない息子と比較していた。

そのあと、寿司屋で好きなものをどんどん食べろと言う三浦に、春菜はウニや鮑《あわび》を握ってもらい、旺盛《おうせい》な食欲を見せた。

「よし、うんと食べろ。たまにはいいものを食わなくちゃな。いつも質素にやってるんだろう?」

「ひとりだし、食費は一日千円以内におさえるようにしてるの」

「今どき千円か……それじゃ、外食なんかできないなァ」

「腐りにくいものなんか、安売りのとき、スーパーでいっぱい買っておくの。卵なんかすっごく安いし、卵を使えばいろいろおいしいお料理もできるし、食が細いから千円もあれば充分。多すぎるくらい。でも、絶対にこんなものは食べられないけど」

剝《む》き出しの女の器官のようにやけに生々しい置き方をしてある赤貝の刺身を、春菜はうまそうに食べた。

「泣かせるなァ。もっと食え。そうだ、お土産《みやげ》も持っていけ。何を握ってもらう？　何でも遠慮しなくていいんだぞ」

「あのね……お土産より」

春菜は少し恥じらうように三浦を見つめた。

「ううん……何でもないの」

「なんだ、そこまで言って。寿司じゃないのか。ビフテキでもいいんだ。まだいろんな店が開いてるからな。今つき合ってやるぞ」

春菜はモジモジしていた。

「何だ。うん？」

「嫌われるといやだもん……お店でバイトできなくなっちゃう」

「遠慮しなくていいんだ。言ってみろ」

ひょっとして金を貸してくれと言うのではないか。それならそれで貸してやるつもりだ。息子とさほど歳もちがわないというのに、春菜は実にいじらしい。大学に通いながら、学費を稼ぐだけでなく、親の借金のために仕送りまでしているのだ。なかなかできることではない。

「あのね……私のパパ、三浦さんにそっくりなの。初めて三浦さんがお店に来たとき、パパかと思ってびっくりしたわ。だから……」

春菜は恥ずかしそうにうつむいた。

「だから、まだ小さかったときみたいに、パパの胸のなかで眠りたいなって思ったの。私、すごいパパっ子だったから……今は交通費ももったいなくて、なかなか帰れないし……だから、パパのかわりになってくれるなら、一時間でいいから胸のなかで眠ってみたいなって思ったの……変でしょ？　恥ずかしい……聞かなかったことにしてね」

春菜は恥ずかしそうに顔を伏せてウーロン茶を飲んだ。

3

シティホテルのフロントに直行した三浦は、その場でダブルの部屋を取った。

高層ホテルの部屋から見る景色は美しい。夜のない歌舞伎《かぶき》町の灯がキラキラと輝いている。不景気な時代とはいえ、新宿の賑《にぎ》わいはまだこれからだ。

「三浦さん、泊まるの？」

「いや、部屋を取ったからって、別に泊まることはないんだ。僕は今日中に帰るけど、春菜ちゃんは泊まっていってもいいんだ。金は前金で払ってあるから」

「お部屋取るなんてびっくりしちゃった。みんなにはないしょよね……」

「もちろんだ。春菜ちゃんのファンに殺される。でも、変なことはしないと約束するからな。お父さんだもんな。今から眠れるのか」

そう言ったものの、まだ枯れていない三浦は、若い女とふたりきりになったことで落ち着かなかった。

「胸のあたりにほっぺをくっつけてるだけでいいの。このまま横になっちゃおうかな。でも、せっかく買ってもらったばかりの服が皺になっちゃうのもヤダし……」

白いバッグを小さなテーブルに置いた春菜は、困惑した顔で新しい服を見つめた。

「今日は蒸《む》し暑かったから、シャワーを浴《あ》びて、それからここの部屋着に着替えるといい」

「三浦さんもシャワー浴びたら？」

「そうだな、せっかくなのに汗臭い胸じゃ失礼だな」

春菜に勧められ、先に浴室に入った。

石鹸《せっけん》の匂いでもさせて帰り、妻に知られるとまずい。石鹸を使わず簡単なシャワーだけにした。

そのとき、腰をタオルで隠した裸の春菜がドアを開けた。

（まさか……）

まばゆいばかりの白い乳房に、三浦は心臓が止まりそうになった。

「背中流してあげる。ずっとパパの背中流してないし」

猥褻さなど微塵《みじん》もない、あくまでも無垢《むく》な目をしている。だが、哀しいかな、まだ現役の三浦は、ついムクムクと剛棒を反り返らせてしまった。

「背中はいいんだ……もう終わったから」

はしたなくも硬《かた》くなっている肉の根を見せるわけにはいかない。空《から》の浴槽の中から顔だけ春菜に向けた。

「だって、入ったばかりでしょ？　もういちど背中洗ってあげるわ」

春菜が近づいてきた。

「い、いや……いいんだ……もう上がるところだから」

「三浦さんはパパとおんなじくらいの大きさだわ」

浴槽の中に入ってきて三浦の背後に立った春菜は、濡れた背中を手で撫《な》でた。

「おい……僕は上がるから」

背中から腰のほうに下りてきたやわらかい手が尻たぼを撫で、次に、前の方に伸び、肉茎に触れた。

「あら……」

「あ……」

三浦は情けなかった。娘に発情したとあっては恥だ。血が逆流しそうだ。

「三浦さんの娘になったつもりだったんだけど……ごめんなさい」

謝られても、悪いのは堪《こら》え性のない、いい歳をした自分のほうだ。とんだ失態に、いっそう汗が噴《ふ》き出した。

「私ね……小さな事務所の電話番のアルバイトしたとき、そこの社長にレイプされてバージン失って、それからちょっと自棄《やけ》になって、道で声をかけてきた人に抱かれたことがあるの。悪い女でしょ？　だから、コレをどうしたらいいのかぐらいわかるわ。もう二十二だし。こっち向いて、ね」

腹に着くほどとまではいかないが、湯のしたたっている恥毛から九十度に立ち上がっている肉茎の根元を、春菜はバスタブに跪《ひざまず》いてじんわりと握った。

尾骶骨《びていい》に向かって妖《あや》しく強烈な快感が駆け抜けていった。春菜はパックリと肉の棒を咥《くわ》えこんだ。屹立《きつりつ》はヒクッと敏感に反応した。

（どうなってるんだ……）

肉棒の形に丸くなっているやわやわとした唇を見おろす三浦は、まだ現実が信じられなかった。春菜は腰をバスタオルで隠したままだ。だが、乳房を隠しているものはなく、きれいな椀《わん》形のふくらみのまん中に、桜の花びらのように淡い色をした乳首が載っているのが見える。

「おお……」

春菜が頭を前後に動かしはじめた。

可愛い唇がしっかりと肉茎の側面をしごきたててくる。それから、生あたたかい舌までチロッチロッと動きはじめた。不器用なようでいて、ちゃんと肉傘の裏や筋を舐めまわしている。鈴口《すずぐち》を集中的につついたりもする。頬を真空にして吸い上げたりもした。睫毛《まつげ》がふるふると震え、白い乳房がポワンと揺れる。

(こんな気持ちのいいフェラチオははじめてだ……天使のフェラチオだな)

天使がそんな行為をするはずはないとわかっていても、聖なる少女に聖なる行為をしてもらっているような気がする。同時に、こんなことをさせるとは何という男だと、うしろめたさもあった。春菜をレイプしたという見知らぬ男にも、激しい怒りが湧いた。

それでも、唇でしごかれ、舌で舐めまわされていると一気に射精状態に追い込まれていった。ただ気持ちがいいだけだ。

「もういい……」

春菜の躰を離そうとすると、スッポンのように頭ごとくっついてくる。

「もういいんだ……イキそうなんだ……出そうなんだ……もういいんだ」

玉袋まで揉みしだきはじめた春菜に爆発寸前になり、三浦はやわらかい口から肉茎を出そうと焦った。だが、春菜の吸着力は驚くばかりだ。

「うっ!」

ついに我慢できず、三浦は春菜の喉《のど》に向かって白濁液を噴きこぼした。

「あんなことしてごめんね……」

ホテルのガウンを羽織《はお》ってベッドに横になった春菜は、先に浴室から出て横になっていた三浦に、小さな声で言った。

「だけど、アレはしてないから、まだパパと娘よね。ずっとパパでいてね」

口でしてもらったからには抱いてもいいかと、またモヤモヤしはじめていた三浦は、動物的な自分に辟易《へきえき》した。春菜は純粋なだけなのだ。それなのに、淫《みだ》らなことしか考えられない自分の何と卑《いや》しいことか。いい歳をして……と、また思った。

「眠れそうか……？」

「あのね……すっごく恥ずかしいんだけど……私、ときどきお布団に入るとオユビでアソコを触るの……そうするとね、いつのまにか眠っちゃってるの……」

春菜は三浦の手を握って秘所に導いた。

やわらかい翳りに指が届いたとき、三浦はまるで若者のように生気を取り戻し、近ごろでは珍しく短時間での二度目の勃起を体験していた。

「ちょっとだけ触って……ね？」

荒い鼻息をこぼす三浦は、ビリビリと指に電流が流れるような刺激を感じた。この世にこれほどやわやわとしたものはない。そう思えるほどやさしい花びらだ。ピラピラともてあそんだ。

「あん……」

鼻にかかった喘ぎを聞いたとき、三浦は自分の血が沸騰《ふっとう》するほど熱くなったような気がした。

毛布を剝《は》ぎ、春菜のガウンの裾《すそ》をめくって長い足を押しひらくまで、ほんの一瞬だった。

黒い翳りを載せた肉のマンジュウがぱっくりと割れて、ピンク色の女の器官がキラキラと輝いている。

聖なる色。天使の秘園。最高のご馳走……。

興奮と感激に、三浦はそこに顔を突っ込み、ペチョペチョと破廉恥《はれんち》な音をさせながら、闇雲《やみくも》に溢《あふ》れてくるエキスを味わった。

「ああん……だめェ……はああっ……気持ちいい……パパ……気持ちいいの」

春菜の喘ぎは、これまでに聞いた女の声のなかで最高に扇情的だった。

4

肉体関係はないが、ふたりだけの秘密を持ったのだと思うと、三浦は毎日のように通っている〈駝鳥〉のドアの前で年甲斐《としがい》もなくドキドキした。

「三浦さん」

背後から声をかけられ、三浦の躰は硬直した。

「なんだ、野本さんか……」

「どうしたんです。深呼吸なんかして？　昨日は春菜ちゃんに寿司をご馳走したんでしょう？」

「えっ？」

「三浦さんがなかなか現われないと思ったら、春菜ちゃんに寿司をご馳走すると約束したからデイトのはずだとママが言ってましたよ」

野本は春菜を抱いたことを当然、みんなに隠している。店では春菜もそんな素振りも見せない。野本は心地よい優越感に浸《ひた》っていた。それだけに、春菜と三浦の昨夜の行為など予想もできなかった。春菜を信じている。年輩の三浦に嫉妬《しっと》はなかった。

「春菜ちゃんは質素に暮らしながらけなげに働いてるから、たまにはうまいものを食べさせたいと思って」

三浦は昨夜、帰宅前に店に顔を出したほうがいいか迷ったが、春菜にあんなことをした以上、平静を装《よそお》ってカウンターに座って呑む自信がなかった。そして、今夜も、あまり早い時間に顔を出して何か勘《かん》ぐられてはまずいなどと気を使い、とうとう十一時近くなってしまった。

「いらっしゃい」

春菜が明るい声でふたりを迎えた。

八人の客で満員だ。だが、客のふたりが気を利かせ、勘定を払って出て行った。

「三浦さん、これ、ありがとうございます」

春菜は昨日買ったワンピースを着ていた。

「三浦さん、寿司を奢《おご》ってやる前に、いろいろ買ってやったそうじゃないか。靴もバッグも買ってもらったと、春菜ちゃん、はしゃぎっぱなしだ。隅に置けないなァ。一杯奢ってもらうかな」

客の言葉に、三浦は躰が熱くなった。

(まさか、あのことをしゃべったりしちゃいないだろうな……)

最高の時間だったが、うしろめたいことをしたと思っている三浦は汗ばんだ。

「なかなか似合うね」

野本は黒の似合う春菜に惚《ほ》れなおした。

（俺は春菜ちゃんと寝たんだ。どんな乳房をしているか、アソコがどんな色でどんな形をしているか、みんな知らないだろう。あのときの可愛い声だって知らないだろう？）

野本の唇がゆるみそうになった。

「みなさんによくしてもらって、私、何だか申し訳ないです。高価なお寿司をご馳走していただくだけでも悪いくらいなのに、お洋服やバッグや靴まで買っていただいて。娘みたいだと言ってもらえて、私、とっても嬉しいです」

「春菜ちゃん、こんどは恋人に買ってもらうのよ。小父さんに買ってもらうよりありがたさも倍になるわ」

「そりゃないだろ」

三浦は何も悟られていないことにホッとした。

春菜は昨夜、三浦の口技で気をやって打ち震えたあと、三浦の肉茎の変化に気づき、また口で奉仕した。そして、三浦が二度めの絶頂を迎えたあと、子供のように寝入ってしまった。

三浦は春菜のバッグの下に五万円を置いて、そっと部屋を出た。

最近は街を歩けば中学生や高校生が声をかけてきて、ホテルに誘って小遣いをせびろうとすることがある。スレて可愛くない図々しいだけの女に比べ、春菜はあまりにいじらしい。

「春菜ちゃん、お腹《なか》は空《す》いてないか？　どこぞやの昨日の寿司より味は劣るかもしれないが、そこの北海寿司に出前してもらってもいいぞ」

大口の広告の仕事がうまくいった野本は、春菜にその喜びをわけてやりたかった。

「おお、いいねェ。ママを入れて十人分、景気よく奢ってもらおうか」

「客は各自、自前でここのメニューを頼むこと。春菜ちゃんのバイト料が出なくなると可《か》哀想《わいそう》だし。そうでなくてもママはケチだからな」

「野本ちゃん、今日の勘定、倍よ」

「倍にした分、春菜ちゃんのボーナスになるなら払ってもいいけどな」

「たかだか何千円かの勘定で、何がボーナスよ」

ママがフンと鼻を鳴らした。

またわいわいと他愛ない言葉が飛び交いはじめた。

やがて、店に入ってきたのは、麻色のパンツとジャケットを着た若い女だった。暗い感じの女で、カウンターがいっぱいだとわかると、大きなため息をついた。

「めぐみ……めぐみじゃない！」

春菜が驚きの声を上げた。

その声に、初めてカウンターの中に目をやった女は、ハッとして口をあけた。

「春菜……どうして……？」

高校時代のクラスメートで親友だったと言うふたりは、卒業以来の再会らしい。まず春菜がどうしてここにいるのか、口早に近況を語った。

「ママ、お愛想」

客のひとりがめぐみのために席を譲って店を出た。

カウンターに座っためぐみは、急に顔を覆《おお》って泣きはじめた。

高校時代、めぐみは母子家庭だったが、一年前に母も亡くなり、天涯孤独《てんがいこどく》の身となった。何とか大学を卒業して就職し、ひとりでもやっていけると自信を持ったとき、結婚したいと言ってくれる男性もできた。だが、その男は詐欺師《さぎし》で、なけなしの金だけでなく、借金して都合してやった金まで持ち逃げしてしまったという。

「借金までしてお金を貸したの？　変と思わなかったの？」

「だって……あるビルに連れて行かれて、ここを事務所に借りて独立したいと言われて……それから結婚しようと言われて……彼、弁護士の名刺も渡してくれたし、信じていたから……」

めぐみはしゃくりあげた。

「連絡がなくなったから名刺の事務所に電話してみたら、今は使われていませんって……彼の部屋は散らかっているからって言われて、中に入ったことはなかったけど、こないだ彼の部屋と教えてもらっていたとこに行ってみたら、彼と名字は同じだけどちがう人が出てきて……そのうち、ローンの返済の日になってしまって、またお金を借りてしまったの……これからどうしたらいいかわからなくなって」

ようするにめぐみは、このままではローン地獄に陥《おちい》るしかないとわかり、自棄酒を呑んだあと死のうと思い、ふらふらとこの店に入ったという。

天涯孤独の若い女を騙《だま》すとは何という奴だと、客達の間からいっせいに非難の声が上がった。

「私が何とかするから、死ぬなんてことを思っちゃだめよ。生きていれば何とかなるんだから。私だって何とかなってるんだし。だけど、めぐみが東京にいるなんて思わなかった。連絡がつかなくなったから心配してたんだけど」

三浦の奢りという水割りを、めぐみは水のように一気に呑んだ。

それから、三浦と野本、春菜とともに零時にスナックを出て軽い食事をとっためぐみは、春菜のアパートに泊まることになった。

野本がふたりをアパートまで送った。

「汚いところなの。おトイレは共同だし、お風呂はないし、ごめんね。倒産したから父の借金のために質素にしか暮らせなくて」

めぐみに言い訳した春菜は、次に野本を見つめた。

「野本さん、せっかく送っていただいても、インスタントコーヒーかお茶ぐらいしか出せないの」

「いや、いいんだ。もう遅いから帰る」

野本はアパートの共同の玄関を覗《のぞ》いた。学生のものらしい汚れたシューズが乱雑に置かれている。廊下が伸び、その左右に部屋がある。今どきの若者は贅沢《ぜいたく》で、こういうところには住みたがらないだろう。こんな古い木造二階建のアパートが駅からさほど遠くないところにあることすら、野本には驚きだった。

春菜にはもっとふさわしい住まいがある……。野本の心が痛んだ。

玄関を閉めて建物に背を向けたとき、春菜が出てきた。

「今日はありがとう。ほんとは、野本さんとふたりで、おいしいコーヒーを飲ませてくれるお店にでも行きたかったんだけど」

「いや、友達のほうが大切だ」

野本はスッと春菜を引き寄せ、唇を塞いだ。顔を離したとき、春菜は恥じらうようにうつむいた。

5

春菜が〈駝鳥〉を無断欠勤した。人気者だけに、客達はあれこれ心配していた。

「こないだアパートまで送っていったから、様子を見てこよう」

野本がそう言うと、

「僕が行ってきます。僕も送ったことがありますから」

二十歳の大学生、二宮《にのみや》が立ち上がった。家が裕福で仕送りも多く、豪華マンションで悠々と暮らしている。

春菜の爪の垢でも煎じて飲めと言いたい男なので、野本は面白《おもしろ》くなかった。だが、あまり執拗《しつよう》になっては春菜との仲を不自然に思われるかもしれない。野本は不本意ながら、二宮に偵察を譲った。

四十分ほどして戻ってきた二宮は、呆然とした顔をしていた。止まり木にペタンと座り、大きなため息をついた。

「どうしたんだ……まさか、重病とか……」

「交通事故か」

「ストーカーにやられたとか……」

口々に客が質問した。

「いませんでした……」

「どういうことだ」

一同がキョトンとした。

「引っ越したらしいです」

「そんなばかな……一昨日《おととい》もバイトに来てたんだぞ。よし、俺が行ってみよう」

今度は野本が立ち上がった。

春菜が無断欠勤して五日が過ぎた。その結果、誰もが信じられないと口にしたが、どうも春菜にしてやられたらしいということがわかってきた。

アパートの賃貸を仲介している不動産屋によると、ひと月前から契約解消の日、つまり、引っ越す日は決まっていたという。

野本は事情を説明して、保証人の実家に連絡してもらったが、電話番号は現在使われていないものだった。名前もでたらめなのかもしれない。

しかし、野本をはじめ、誰も春菜が詐欺師とは思わなかった。

大学の在籍者も調べてもらった。該当者はいなかった。それならと、春菜のクラスメートだったというめぐみが某証券会社に勤めていると言っていたので、そこにも連絡してみた。それらしき人物はいなかった。

ふたりはグルだったのか……？　信じたくないが、そう結論せざるを得ないということになった。

めぐみが結婚詐欺に遭って借金で身動きできないということで、春菜がめぐみの自殺を恐れて肩代わりすることにした。とはいえ、日々の生活に追われている春菜も、サラ金から借りるしかない。

それを相談された男は、自分だけが春菜にとっては頼りなのだと、いくらかを融通してやった。その矢先の失踪なのだ。

「で、野本さん、いくら貸したの？」

「ぴったし百万だ……」

ベッドでの喘ぎが可愛かっただけに、野本は何かのまちがいだと思いたかった。

「まあ、お金持ちね。三浦さんは？」

「五十万……父親に似ていると言ってくれたんだ……」

口で肉茎を愛撫してくれた春菜。そして、春菜のねっとりした女園を舐めまわした鮮烈な思い出……。三浦は気が抜けたようになった。

「ひょっとして二宮ちゃんも？　まさか、あなた、学生だもんね。あら、その顔、まさか……ひょっとして、あなたもやられたの？」

「うちは生活費を半年分ずつまとめて銀行に振り込んでくれるようになっていて、丸々半年分……」

「呆《あき》れた……お坊ちゃんだから餓死することはないでしょうけど」

「卒業したら結婚しようと約束したんだ。嘘だったなんて、絶対に信じられない」

二宮は哀れな顔をした。

「またここに来るんじゃないかな……そしたら、春菜が二度とこんなことをしないように、俺、いっしょに暮らしたいんだ」

「そうだ、そうだ、それがいい。妻子持ちの俺達と比べ、おまえは学生で独身だからな。結婚か。捜《さが》していっしょになったらどうだ」

菊永《きくなが》がチャチャを入れた。

「まあ、ヤケクソになって。あなたもやられた口なの？」

ママが呆れた顔をした。

「まさかな……？　おい、やられたのか」

春菜とは何の繋《つな》がりもないような男だけに、一同の視線が菊永に集中した。

「二百万」

一同からため息が洩れた。

しばらく重苦しい空気が流れた。

「いい子だったよなァ。人生であんなに楽しいことはなかった。服を買って寿司を食べて……」

三浦の口調には恨みも憎悪もなかった。

「可愛い子だったなァ……」

「また来るといいのにな」

男達のため息に、ママもとびきり大きなため息をついた。

「これまでのバイトのなかではダントツに客受けがよかったのに。で、被害届はどうするの？」

「被害届？」

「みんな合わせるといくらやられたのよ。おそらく、ここにいる人達以外でも何人かやられてるはずよ。実は私も、あのめぐみという友達のためにと言われて、ひと月分の前借りされちゃったの」

「被害届なんか出したら、春菜ちゃんは犯罪者になるじゃないか。警察に捕まったらどうするんだ」

二宮が声を荒らげた。

「別に私はいいんだけど」

「借金までして貸した金じゃないしな……」

訴えようという者はいなかった。みんなしみじみと酒を呑みながら、自分だけの春菜の思い出に浸った。

6

裸の春菜とめぐみは、ベッドに横になって預金通帳を眺めていた。

「イッキに五百万円以上増えるなんてね。最高！」

めぐみは通帳に唇を押しつけた。通帳を眺めるのが日課のようなものだ。

「今ごろ、絶対にばれてるね。そろそろ捕まっちゃうんじゃない?」

春菜は二度と顔を合わせないつもりの〈駝鳥〉のママや客達の顔を浮かべた。

「これまでだって大丈夫だったし。何か言われたら、くれるって言ったはずだって言えばいいのよ。口約束って最高よね。貸し借りなしの催促なしで渡してもらったようなお金なんだから。いつ一億になるかなァ。そしたら、別荘が欲しいよね。その前にマンションか。一、十、百、千、万、十万、百万、千万。ふふっ、二千と四百五十六万……」

めぐみは飽きずに八桁《けた》を数えていき、いくら貯まっているかを声を出して言った。

「そろそろもう少し広いマンションに移ろうか」

「礼金や敷金でいっぱい取られるからもったいないでしょ」

ふたりの拠点はこざっぱりした1LDKのマンションだ。カモがいそうな「勤務先」を見つけると、できるだけその近くにボロ屋を探して短期間だけ仮のすまいにする。

春菜は〈駝鳥〉のバイトのあとだけ、客に送られたりつけられたりしたときに備えてボロアパートに帰宅し、翌朝早くこのマンションに戻って来ていた。ボロアパートはカモを騙すための小道具のひとつなのだ。

マンションとアパートの距離は、電車で四十分ほど。その間に誰かに会えば、ベビーシッターのバイトに行く途中だとか、家庭教師のバイトの帰りだとか、何とでも言えばいい。

「私達みたいな歳でこんなに貯金してる人、あんまりいないよ」

めぐみはまた通帳を眺めてニッと笑った。

ふたりは高校時代から演劇部で仲がよかった。だから、その気になれば、いつでも泣いたり笑ったりできる。

高卒後、まじめに働いていたが、生活するのさえままならない給料で、めぐみの発案で今回のような金儲けをすることになった。まだ一年半にしかならないが、あっというまに八桁の貯金ができた。

勤めた店は、江戸川《えどがわ》区、台東《たいとう》区、北《きた》区、世田谷《せたがや》区、吉祥寺《きちじょうじ》などだ。すぐに金を貸してくれとは言えないので、相手から貸してやるというように仕向けるには、最低一、二カ月は同じ店に勤めなければならない。

勤めさえすればうまくいくとは限らない。渋い客ばかりと思ったら、さっさとやめて次の店に替わる。網に一匹の魚でもかかったら引き上げるのではなく、できるだけ大漁を狙《ねら》う。

「今度はめぐみが働く番よ。どのあたりにするの?」

偶然を装って店に入り、結婚詐欺に遭った女を演じるのは一度だけでいい。それに比べ、店には週に二、三日勤めなければならないので、それぞれの役は交代でやってきた。

「効率悪いよね。どうして今まで気づかなかったんだろ」

　めぐみはようやく通帳を閉じた。

「どういうこと？」

「ふたりとも同時に別々のところで働けばいいわけ。だって、どうせ詐欺に遭った女は出番が少ないんだから、バイトしない日にお互いの店に顔を出せば済むでしょ？　そうすればいっぺんに倍稼げるじゃん。ブラブラしてるとけっこうお金使うしね。さっさと貯《た》めて、マンション買って、別荘も買って、そうだ、ふたりでお店出そうか。水商売でもいいし、ブティックみたいのでもいいし」

「だけど、そろそろ東京はまずいんじゃない？」

「九州でも北海道でもいいじゃん」

　めぐみは春菜の鼻の頭をペロリと舐めた。

「あの店に未練ある？　いい男いたんじゃない？　今回はいつもより稼ぎが多いし、だいぶサービスしてやったんでしょ？」

「別に」

「ママは？」

「趣味じゃない。めぐみも、でしょ？」

「うん」

「たまには男もいいよね」

「アレがついてるから？」

「さあ……」

「私のオクチやオユビよりオチンチンのほうがいいって言うんじゃないでしょうね？　仕事って割り切ってるならいいけど、本気で男に惚れたら許さないから」

「あ……」

乳首を唇ではさんだめぐみに、春菜はビクンとした。

どんな男の唇より、やはりめぐみの唇のほうがやわらかくて気持ちがいい。男に愛されているときは、それなりに感じるし燃える。だが、こうしてめぐみの口や指が動き出すと、どんな男もめぐみにはかなわないだろうと思ってしまう。

めぐみが唇で乳首をしごき立てた。

「あん……」

手足の先や髪の生《は》えぎわまで疼《うず》きがひろがっていく。皮膚が粟《あわ》だった。

チュッ。乳首を吸い上げる音がした。春菜の果実はすぐにしこり立った。

「私にもキスしてよ」

ツンツンと乳首の先を舌でつついたあと、めぐみは顔を上げた。

今度は春菜がめぐみの胸に顔を埋《うず》めて、自分より大きめの乳首を口に含んだ。

「あは……気持ちいい」

めぐみが腰をくねらせた。

やがてふたりは乳房と乳房を合わせた。腰と腰も合わせ、8の字を描くようにグラインドさせた。そうなると、唇と唇を合わせてむさぼり合うことになる。舌が絡まった。甘い唾液を交換した。

鼻から熱い息を噴きこぼす春菜は、〈駝鳥〉のことなどすっかり忘れていた。

客達がため息をつきながら寡黙《かもく》に酒を呑んでいることなど想像もせず、高校時代から愛し合っていためぐみのしっとりした肌と触れ合いながら、甘い声を上げつづけた。

不倫の匂《にお》い

1

〈十一月十五日（月）〉

直樹《なおき》と知り合って半年近く経《た》ってしまった。月日の経つのは早い。

新宿からの帰り、満員電車のなかで痴漢《ちかん》に遭《あ》っているのを助けられてから、私達の交際はとんとん拍子に進んだけれど、ナント、このごろでは、あのときの憎むべき痴漢行為を電車のなかで楽しんでいる。

痴漢ごっこが、ここ一カ月の私達のもっとも刺激的な遊びだ。

夫がいるので朝食の用意や後片づけがあり、朝の出勤時の混雑に紛《まぎ》れての痴漢ごっこができないのが残念。

でも夫の帰りがいつも遅いので助かる。

夕方、帰宅時間のラッシュどきにお遊びを楽しむことになる。それからはもちろん、ラブホテルでメイクラブ。

直樹といっしょに電車に乗り込み、進行方向に向かって左右のドアとドアの間に立つ。

駅に着いてドアが開くたびに乗客が入れ替わるので、二、三分ごとにまわりの人が変わる

る。

ぐったりしているサラリーマン達とは逆に、私と直樹は心も躰《からだ》もギンギンになってい
のも面白《おもしろ》いもの。

乗客からの押され具合によって、直樹と私の位置はいつも微妙に変わってくる。

今日はナント、直樹と真正面から向き合ってしまった。ぎゅうぎゅう詰めで躰を斜めに動かすゆとりもなかった。

フフというように唇を歪《ゆが》めた彼に、これからどんないやらしい痴漢行為をされるのかしらと、私はそれだけでアソコが濡《ぬ》れてくるのがわかった……〉

長瀬栄介《ながせえいすけ》は妻の美和《みわ》の日記を捜《さが》し当て、まずは最近の日付の部分を読み、それだけで腹が煮《に》えくり返った。

〈私はそれだけでアソコが濡れてくるのがわかった〉という後には、直樹という男の破廉《はれん》恥《ち》な痴漢行為と美和がいかに感じたかが、こと細《こま》かに書き綴《つづ》られていたのだ。

〈スカートからそっと入りこんだ彼の手が、太腿《ふともも》を指で這《は》いながら私の女の部分に近づいてきた。すっかり捲《まく》れ上がっているスカート。誰かに知られたら恥ずかしくて生きていけ

ない。

じっとり汗を浮かべている私を無視して、ついに直樹の指は私のアソコに辿《たど》りついた。思わず私は声をあげそうになった。感じすぎる。すでにびっしょり濡れているのを、直樹に知られて恥ずかしかった〉

「チクショウ！」

妻の裏切りに、日記を持つ手がぶるぶると震《ふる》えた。

半年ほど前から、美和の様子がおかしいとは思っていた。

子供はいないが、いくら給料がいいとはいえ、三十歳の栄介ひとりの稼《かせ》ぎではたいした贅沢《ぜいたく》はできないはずだ。それが、美和はアクセサリーやスーツを購入するようになった。

二年間の結婚生活を振り返ってみても、たいした倹約家とも思えない美和が、栄介の給料を月に何万円も浮かすことができるとは思えない。

それでも、実家のお父さんからお小遣いをもらったとか、伯母《おば》さんが誕生日に現金を送ってくれたなどと言われ、あまりのさりげなさに言葉どおり信じていたのだ。

しかし、こうして不倫の証拠である日記を発見すると、男から金が出ているのだとしか思えなくなった。

〈痴漢ごっこで火照《ほて》っていた私は、そのあとラブホテルで「もも子は心底いやらしい女だな」と言われ、いっそう昂《たか》ぶってしまった。いつもはちょっと澄《す》ました人妻だけど、直樹の言うように、本当は恥ずかしいことが大好きな女なの〉

あちこちに大胆なことが赤裸々《せきらら》に書かれていて、これが妻の本当の姿なのかと、栄介は怒りとともに唖然《あぜん》とした。

だが、美和ではなく〈もも子〉と書いてあるのはなぜだろう。

（あいつ、万一これが見つかったときは言い逃《のが》れするつもりで、そこまで考えて書いているんだ）

栄介はそう考え、ますます怒りをあらわにした。

美和はどんな服でもよく似合《にあ》うが、着物を着せると格段によく似合う。一見して楚々《そそ》とした美人妻だけに、栄介は夜の行為でも、あまり大胆なことは遠慮していたくらいだ。

社内恋愛だが、美和は男性社員の憧《あこが》れの的《まと》だった。美人で頭もいいし、性格もいいと三拍子揃《そろ》っていただけに、いまだに栄介は社員から嫉妬《しっと》されているくらいだ。だから、あまり破廉恥なことをして妻に嫌われたくないという哀《かな》しい遠慮もあった。

犬のように這いつくばらせて、恥ずかしがる美和をうしろから思いきり突いてみたい。脚《あし》をひらいてすっくと立ち、跪《ひざまず》いた美和にいきり立ったペニスをフェラチオさせてみたい。シックスナインで心ゆくまで楽しみたい……。

そんなことを何度考えただろう。だが、ベッドでは、ついつい正常位を中心に躰を重ねてしまう。

たっぷり時間をかけて前戯をし、キスから全身の愛撫に移る。脚《あし》の指まで丁寧《ていねい》に舐《な》めてやった。だが、それでもやはり振り返ってみれば、お行儀のいいセックスだったと思う。

破廉恥な獣欲を抑《おさ》えての結婚生活を過ごし、大切に美和を扱ってきたというのに、あろうことか美和はろくでもない男と破廉恥な不倫を犯し、日記にまでその行為を詳細に綴っていたのだ。

大手A電気に勤める栄介は営業部にいるが、この不景気のため売上が伸びず、残業廃止どころか、以前より長く働いている。帰宅はいつも遅い。

「今日も遅くなるから食事はいい」

そう嘘を言って出社した栄介は、美和が安心して出かければ、泥棒猫の真似《まね》をするつもりでいた。

いつになく早く戻ってみると、悪い予感は的中し、美和はいなかった。そして、美和の机の抽斗《ひきだし》から容易に日記を見つけ出してしまった。

美和がいないのは友達と出かけたのでもなく、実家に行っているのでもなく、直樹という男と痴漢ごっこをし、そのあとラブホテルに行くからなのだ。そう思うと、じっとしていることなどできるはずがなかった。

他の男と躰を重ねている妻を、これから平静に抱けるとは思えない。それどころか、いくら愛していた妻といっても、今夜からいっしょに暮らしていく自信はなかった。愛していただけに、信じていただけに、栄介の怒りは大きかった。

2

「美和が不倫してる？　まさか」

喫茶店で片山恵子《かたやまけいこ》が笑った。

恵子は美和の高校時代からの友人で、ふたりとも文芸部に入り、作文に毛の生《は》えたような小説を書いていたらしい。美和は大学を卒業して二年だけのＯＬ生活で結婚生活に入ったが、恵子はキャリアウーマンとしてシングルを守り、広告会社で活躍している。

いかにも闊達《かったつ》なショートカットの恵子は、色白で和風の顔立ちの美和に比べ、南の国を連想させるエキゾチックな顔立ちだ。

「栄介さんが、美和抜きで話があるなんて、珍しくせっぱ詰まって電話なんかしてくるものだから、いったい何事かと思ったら、美和が不倫してるですって。気が抜けちゃうわ」

恵子はまたクッと笑った。

「不倫の証拠はあるんだ」

「証拠と言ったたって、私は美和からそんなこと聞いてないわ。美和は私になら何でも話してくれるはずよ。たとえ栄介さんに秘密にするようなことがあったとしても、私にだけは。あら……ごめんなさい……」

恵子は慌《あわ》てて謝《あやま》った。

「美和は、きみに話せても俺に秘密にするようなことがあるのか」

「いえ……ただ、そんな重大なことを黙っていられるはずがないと思っただけ。これまで何でも打ち明けあってきたつもりだから……」

気のせいか、恵子の態度に栄介は不自然さを感じた。やはり男がいるのかもしれない。それをすでに恵子には打ち明けているのではないか。栄介の疑惑はふくらんでいくばかりだった。

不倫の証拠の日記があるとはまだ言えない。言えばどんなことが書いてあったか、話さなくてはならなくなるようで、およそ美和にはふさわしくない破廉恥な内容を口にするのは、はばかられた。

帰宅のラッシュに合わせて電車に乗りこみ、男と痴漢ごっこをしている。それだけではない。そのあと、いかがわしいホテルで狂態さえ演じているのだ。

「美和は俺に不満があるといっていたのか。教えてくれ。少なくとも俺はうまくいっていると思っていた。あいつを大事にしてきたと思っている。風呂や食事のことを考えて、毎日、帰るコールも掛けてきた。無断外泊したこともない。美和は笑顔でお帰りなさいと俺を迎えていた。それなのに男がいたとはな」

「男の人なんかいるはずないわよ……」

「いや、いる。いるんだ。あいつは俺のどこが不満だったんだ」

「不満？　そうね……しいて言うなら、美和を大事にしすぎてるところとか、独占欲かしら。女だから家にいてほしいなんて、今の時代におかしいと思うわ。美和は能力があるもの。子供もいないし、まだまだ働けたと思うわ。いえ、これからだって。それを、結婚後は家にいてほしいと、あなたは言ったんでしょ」

大学を卒業して社会に出たものの、結婚によってわずか二年で家庭に押しこめられた美和の不満を知った。だが、だからといって不倫を犯していいということにはならない。

「仕事を続けたいと言ってくれたらよかったんだ」

「同じ職場で？　いえ、たとえ別の仕事を探すといっても、あなたはいい顔しなかったんじゃない？　わかってるでしょうけど、美和はもてる女よ。だけど、あなたにぞっこんで、あなたと暮らしたかったのよ。だから、あなたの欲求を強く拒《こば》めずに受け入れることにしたのよ」

そう言われると少しは心が痛む。美和に惚《ほ》れている男のなかには、栄介より金のある将来有望な男もいたのだ。それなのに美和は栄介を選んだ。一方的な希望を述べるだけでなく、もっと美和の希望をじっくりと聞くべきだったのかもしれない。

「それと……」

恵子はすでに空《から》になっているコーヒーをすするようにして、他のことを口にしようかすまいか迷っているふうだ。

「それと何なんだ」

「ここじゃ話しにくいわ。でも、たいしたことじゃないのよ。上等のブランディいただいたから、私のマンションでいっしょにどう？　美和の言っていたグチを、思い出す限り教えてあげるわ」

客が入ってきたのを目で追いながら、恵子は栄介を促《うなが》した。

3

「あら、どうしたの？　帰るコールなしじゃない。まだお風呂入れてないわ。すぐに入れるから待ってね。食事は？」

いきなり帰宅した栄介の前に、いつもと同じ美和が立った。

「電話をかけようとしたら、ちょうど電車が来たんだ」

栄介は今朝までと同じ、何食わぬ顔で言った。

「つき合いで食べたから晩飯はいい。おまえは済んだのか」

「ええ、お腹空《なかす》いちゃったから先にいただいたわ」

美和にも変わった様子はない。

風呂は好みの温度の湯を入れるだけでいい。ネクタイをゆるめて夕刊を見ていると、すぐにバスタブの湯はいっぱいになった。

「お風呂、いいわよ」

「先に入れよ。テレビ見てるから」

「いつからホームドラマに興味持つようになったの？」

美和は画面と栄介を見比べて、意外だという顔をした。

さほど面白くもないテレビドラマを見ているふりをしたのは、美和といっしょに風呂に入るためだ。

子供もいない夫婦がいっしょに風呂に入るのは不自然ではないし、むしろいっしょに入るほうが自然かもしれないが、帰宅があまり遅いときは美和が先に入っているし、そうでないときは、帰宅して栄介はすぐに入り、美和はふたりで食事が終わって後片づけしてから、ゆっくりと入ることになる。

そういうわけで、最近はふたりいっしょに風呂に入ることはなくなっている。

シャワーの音が聞こえたので栄介は服を脱ぎ捨て、いきなり風呂に入っていった。

「どうしたの……」

ドラマはまだ終わっていない時間のはずだ。それに、このごろいっしょに入ることがなくなっているので、躰を洗っていた美和はぎょっとした。

「面白くないから消した」

ベッドの美和もいいが、風呂で全裸の美和を久々に見るだけに、栄介は興奮していた。平静を装《よそお》うつもりが語尾が震えそうになった。ペニスは単純に反《そ》り返ってくるし、湯槽《ゆぶね》に入る前からのぼせそうになった。

美和のほうも、久々の夫の侵入に鼓動が高鳴った。

夫婦でありながら股間《こかん》を直視することがはばかられ、美和はすぐに栄介から顔をそむけて正面を見つめた。だが、鏡に映《うつ》っている夫の肉棒がいきり立っているのに気づき、コクッと喉《のど》を鳴らした。

（どうしたっていうの、栄介さん……）

ますます心臓が激しい音をたてた。

太く硬《かた》くなっている〝男〟を、鏡ごしに美和が見つめて動揺しているのを、栄介はやはり鏡ごしに知った。

美和のうしろに肩幅ほどに脚をひらいて立った。

「美和、口でしてくれよ」

できるだけ威厳を持って言おうと思っていたが、やはり語尾が震えそうになった。

美和は躰を洗うのを忘れ、まっすぐ鏡の方を見つめてコクコクと喉を鳴らした。こんなことははじめてだ。新婚の頃いっしょに風呂に入ったが、風呂場ではキスさえしたことはなかった。セックスはベッドの上でと決まっていた。

「いやなのか。しろよ」

栄介は美和の肩先をつかんで力ずくで反転させた。

「こ、こんなところで……」

いくら夫からの要求とはいえ、美和は恥ずかしかった。

「じゃあ、どこでだったらいいんだ。しろよ」

頭をつかんでむりやり肉棒を口に押しこんだ。

「うくっ」

唐突で乱暴な夫の行為で剛直が喉につかえ、美和はくぐもった声をあげた。

「しろよ」

またも栄介は美和の頭を鷲《わし》づかみにして、自分で前後に動かした。

洗い場の小さな椅子《いす》から浮き上がっている躰が不安定で、美和は栄介の脚をつかんだ。

栄介は邪魔な腰掛けを蹴《け》って、美和の二の腕をつかんで引き上げた。美和は自然に跪く格好になった。

(こうさせたかったんだ。みんなの憧れだった美和を俺だけに服従させて、こんなふうにフェラチオさせたかったんだ)

美和の頭が自発的に動きだしたとき、栄介は精神的なエクスタシーを感じた。

美和はいつもよりいっそう太いように感じる夫の肉棒を、興奮しながら愛撫していた。

(栄介さん、どうしたの……獣《けもの》みたい……私の頭をつかんで、むりやりこのおっきなものを口に含ませたのね。立ってる栄介さんに跪いてこんな恥ずかしいことをしているなんて……お風呂でこんなことしてるなんて……）

美和は力ずくで奉仕させられていることに昂ぶっていた。

やさしい夫も好きだ。だが、逞《たくま》しい野性の匂《にお》いをしたセックスも夫に求めていた。生活ではやさしく、セックスでは主導権を握ってほしい。それが、贅沢といえば贅沢な美和の望みだった。

いつも栄介はやさしかった。二年間の夫婦生活を振り返って、このまま栄介はベッドでもやさしい男のままだろうと思っていた。少し不満だった。

それが今夜はいつもの栄介とちがう。戻ってきた栄介に変わりはなかったというのに、これまでの二年間になかった高圧的な態度でフェラチオさせている。

「口でしながら、ここも触《さわ》れよ」

栄介は美和の手を袋に持っていった。美和がまだ一度も触れたことがないところだ。

ぶよっとした袋を握った美和の心臓はいっそう乱れた。

（ここを触られると気持ちがいいの……？　ああ、変な感触……ここで精液がつくられるのね……）

ぼおっとしている頭で、美和はそんなことを考えた。

「とめるなよ。ちゃんと口でやれよ」

ひととき口の動きを忘れた美和に、栄介はまた頭をつかんで動かした。

「あぐ……」

美和は慌てて頭を動かした。

上品な唇が丸くなって太い肉棒を咥《くわ》えている。ふるふると睫毛《まつげ》を揺らしながら奉仕している妻を見下ろしながら、なぜもっと早くこうさせなかったのだろうと、栄介は後悔していた。

〈直樹はお風呂場で私にフェラチオさせるのが好き。今日もお口に入りきれないほどおっきなものを押しこまれてしまった。そのたびにいつも息がとまりそうになる〉

盗み見た日記にそんなことが記してあったのを思い出す。ここ半年のことを記した日記には、実に呆《あき》れるほど破廉恥なことがいくつもいくつも綴られていたのだ。

袋を不器用に揉《も》みしだかれながらフェラチオされていると、精神的な昂ぶりに呆気《あっけ》なく熱い塊《かたまり》が迫り上がってきた。

「うっ！」

栄介は、美和の口のなかにたっぷりとザーメンを迸《ほとばし》らせていた。

4

風呂で気をやった栄介だが、ほんのつかのまの休息でふたたび元気になっていた。

風呂から上がると、裸のままの美和を寝室に引っ張りこんだ。

「ま、まだこんな時間……」

すでに十時を過ぎており、〈こんな時間〉ということはないのだが、風呂で恥ずかしいことをさせられたあとだけに、美和はいちおうそんなことを言わなければ体裁《ていさい》が悪かった。淫《みだ》らなことをいつも考えているくせに、夫にさえ淫らな女だと思われるのが恥ずかしかった。けれど、躰は正直に火照っていた。

栄介の指が美和の花園に伸びた。

「あっ！」

「見ろよ、べっとり濡れてるじゃないか」

透明なジュースが、照明を反射して栄介の指先で淫らに光っていた。

「いやっ！」

これまでそんな破廉恥なことを言ったことがない夫だけに、美和は思わず両手で顔を隠した。そんな言葉だけで美和の蜜液はまたとろりと秘芯からしたたってしまいそうだった。

「上品な顔をしているくせに、美和は案外いやらしい女だな。ひょっとして、ときどき自分の指でそこを触ってるんじゃないのか」

「ああっ、いやっ！」

美和は顔を覆《おお》ったまま、いやいやをした。その羞恥《しゅうち》にまみれた妻の様子を眺《なが》めながら、栄介の興奮度は二〇〇パーセントにもなっていた。

「指でしてみせてくれよ」

自分の言葉に昂ぶっている栄介の肉棒は、ピンと天井を向いて動いた。

〈直樹にされたことを思い出して、私は昼間からつい自分の指で慰《なぐさ》めてしまった。花びらを指でぴらぴらとしたり、オマメちゃんをクリクリといじったり、私って恥ずかしい女。でも、直樹がいけないの……〉

やはり日記に記されていたことだ。

「ときどきしてるんだろ。しろよ」

「そんなこと、そんなこと……」

顔を隠した美和が全身でいやいやをしているのが可愛い。オナニーしている美和を見てみたい。そう思っていた栄介だが、もう我慢できなかった。

押し倒して仰向けにした美和に乗り、鉄のようになっている〝男〟を、濡れそぼった女壺に突き刺した。

「ああっ！」

美和の声に昂ぶった栄介は、蹂躙《じゆうりん》した獲物を組み敷いたオスの悦《よろこ》びに浸《ひた》っていた。

（俺は獣だ！　獣だぞ！　どうだ、美和！）

（凄い！　ああ、犯されてるみたい！　こんなふうにしてほしかったのよ）

美和は獣に変身した夫に突かれながら、いつもとは比べられないほどの熱い蜜を噴きこぼしていた。

内臓まで抉《えぐ》られそうだ。突かれ、こねられ、躰ごとベッドが揺れる。

「ああ、直樹！」

男の名を口走った美和は、はっとした。火照っていた躰が冷めていった。

栄介は思ってもみない成り行きに動きをとめた。

「浮気してるな。直樹だと？　どんな男だ。俺とこんなことをしているときに、よくそんな男の名が出せたものだな」

栄介は荒々しく鞠《まり》のような乳房をつかんだ。

「痛っ！　ち、ちがうの！　浮気なんて」

「言い訳はさせないぞ」

いったん肉棒を抜いた栄介は美和をひっくり返した。それから白い脚を引っ張り下ろし、ベッドの縁《ふち》に美和の上半身だけを預けさせた。

「ちがうの！」

荒々しい栄介の行為に、美和は「ちがうの」を繰り返していた。

突き出されている美和の尻を思いきり叩《たた》きのめした栄介は、声をあげる美和におかまいなしに、うしろから女芯をぐいと貫《つらぬ》いた。

「ああっ！」

美和の躰が反り返った。

「あう！　ち、ちがうの！　許してっ！　ああっ！」

こんなに声をあげる美和ははじめてだ。栄介はますます野性に戻っていく自分を感じて興奮した。救いを求めるように首を振り立てている美和が、いっそう栄介を乱暴な野獣にしていく。

「ああっ、やさしくして!」

「不倫してるような女房にやさしくしてやれるわけがないだろ」

栄介はうしろから杭《くい》を打ちこむように激しく突いた。

「ワンちゃんの格好をしろ」

「いやっ!」

「なれよ!」

「ヒッ!」

蜜で濡れた肉棒を抜いた栄介は、また美和の豊満な尻に激しいスパンキングを浴《あ》びせた。バシッという快《こころよ》い肉音に彼は震えるほど興奮した。

美和はいやと言いながらも、ついにベッドから下りて犬の格好をした。

オールドローズのアヌスだけでなく、肉棒の抽送によってすでに充血している花びらやクリトリスまでうしろから丸見えで、栄介の心臓は飛び出しそうになった。

美和を知っている誰もが、美和がこんな格好をするなど予想もしないだろう。

「何ていやらしい格好だ。全部見えてるんだぞ。男にいつもこんな格好して見せてたんだろ」

震える指先でアヌスのすぼまりをいじってみた。

「そ、そんなところ、いや……」

美和が破廉恥に尻を振った。

美和の日記は空想なのだ。空想というより創作なのだ。直樹などという男は存在しない。それは今日、美和の親友の恵子に聞いてわかった。

広告会社で派手に動きまわっている恵子には知り合いが多い。官能ものを手掛けている出版社の男と知り合ったとき、小説家にもなりたかったなァと軽く口にした恵子に、じゃあ、ほんの片手間にヤラセの告白ものを書いてみないか。小説じゃないが、と誘われた。

人妻が不倫している。不倫妻はそれを日記に綴っているということにして雑誌に掲載していきたいと言うのだ。

小説と言われては身構えてしまうが、そんなことならやってみようかと恵子は思った。だがそのとき恵子は忙しかったし、ふっと高校時代に文芸部でいっしょだった美和を思い浮かべた。

美和とは何でも話す仲だ。愛する人と結婚できたのはいいけどやさしすぎるのよね、と美和がため息をついたことがあり、私、ちょっとマゾっ気があるかもしれないの、と続けたときには驚いた。

美和は家庭に籠《こも》っているのにも退屈していた。だから恵子は、小遣い銭稼ぎにもなるし、日記に自分の欲求を書いて欲求不満解消でもすればいいじゃない。一石二鳥よ、と言って、その仕事を親友に譲ったのだ。

文芸部に入っていたほど書くことが好きだった美和は、夫にはないしょにしててね、と言って、案外楽しそうに引き受けた。

だが、素人《しろうと》だけに、原稿用紙を前にするとついつい肩に力が入って思うように書けない。いかにもつくりものめいた文章になってしまう。それで、一度は落胆してそれを断った美和に、恵子が、日記そのものに書いてみたらとアイデアを出したのだ。

日記にも升目《ますめ》式のものがある。一ページが二十字×十行で、二ページで四百字詰原稿用紙一枚分だ。日記に書いてコピーして渡す方法をとると、今度はスムーズに運ぶようになった。

いやらしい告白日記はまずまずの評判で、すでに半年六回の掲載となり、まだまだ続きそうだ。

まさかヤラセの告白ものに本名を使うはずもなく、書き手は〈もも子〉ということになっている。

恵子のマンションで雑誌を出され、『もも子の日記』というページをひらいて読むように言われた栄介は、これまで読んだ日記と同じ文面だということを確認した上で、そのいやらしさに単純に勃起した。そして、俺は雄々《おお》しい獣になる、と決意して帰宅したのだ。美和が思わず、居《い》もしない男の名を叫んでしまったのは、架空の人物を日記に綴っているうちに、いつしかその男に恋するようになったのかもしれない。そう思うと、栄介に激しい嫉妬が湧《わ》いた。

そんな架空の人物のうしろに現実の夫が霞《かす》んでたまるかという気持ちがあった。

「直樹ってやつがどんな奴か知らないが、いつもこうやって、こんな、こんなところまでいじられて尻を振ってたんだろ」

自分の言葉と美和のくねくねする尻を眺めながら、栄介は血管が切れるのではないかと思えるほど興奮していた。

「う、浮気なんかしてないわ……いやっ……だめ……」

しかし、美和から徐々《じょじょ》に言い訳する気持ちが薄れていた。

浮気していると勘違いしている夫は、こんなにも恥ずかしいことをしてくれる。いたずらをして折檻《せっかん》される子供のように、屈辱的にお尻も叩かれてしまった。

美和にとっては、恥ずかしいことと快感は繋《つな》がっている。荒々しい行為も快感に繋がっている。だから、今夜限りでまたやさしい夫に戻ってほしくない。離婚するとでも言われたら弁解すればいいのだ。それまでは真実は隠しておこうと思うようになった。

「いつもこんな格好をそいつに見せてたんだな。こんな、こんなメス犬みたいな恥ずかしい格好を」

「ゆ、許して」

「許せるか」

カウパー氏腺液の噴きこぼれている肉棒を、蜜でびっしょり濡れている女芯に突き刺した。

美和が声をあげながら顎《あご》を突き出した。

抽送のたびに声をあげる四つん這いの美和を見つめながら、今夜は寝かせないぞと栄介は思った。まだまだやってみたい破廉恥な行為は山ほどある。ますます精力が漲《みなぎ》ってくる。

「頭を床に着けて尻だけうんと突き出せよ」

イヤと言いながらも、美和はゆっくりと肘《ひじ》を折っていった。美和のクリトリスは脈打っていた。

スリリングな関係

1

一回戦の白濁液を噴《ふ》きこぼしたあと、中井《なかい》は先に浴室に入った。

ラブソファと小さなテーブルは置いてあるものの、寝室さえあればいいラブホテルだけに、狭い部屋はダブルベッドで占領されている。ガラス戸によって仕切られている浴室は、ベッドから丸見えだ。

早く来いよ、と言うように、ベッドに寝ころんだままの留衣《るい》に、中井が手招きした。

留衣は中井に向かって横臥《おうが》して、わざとティッシュで女園を拭《ふ》いてみせた。瞬《また》きを忘れたような中井の目が、留衣の下腹部に張りついた。

留衣は中井をからかうように、秘所を拭いたティッシュを差し出した。それから、躰《からだ》を浴室の方に向けて、脚《あし》を大きくひらき、それによってぱっくりひらいた柔肉を、さらに両手で大きくくつろげた。パールピンクのぬめ光る粘膜を見つめた中井が、喉《のど》を鳴らしたのがわかった。

誘惑的な視線を向けた留衣は、女園をくつろげたまま、次に、腰をクイッと突き上げてグラインドさせた。

気をやったばかりの中井の肉の茎が、ポンプで水を汲《く》むように、留衣の視線のなかでみるみるうちに成長していった。

(ふふ、男の躰って、どうしてこんなに単純にできてるのかしら)

留衣は笑いそうになるのをこらえて、キスをするように唇を突き出した。

中井啓太《けいた》は二十三歳。春に入社してきた新入社員のひとりで、甘いマスクをしている。すぐに社内の女達の注目が集まった。留衣は中井にややたよりなさを感じたが、他の女が手をつける前に味見しなければ損だと思って誘惑した。中井は留衣が張り巡らした蜘蛛《くも》の糸に、簡単に引っかかってしまった。

留衣は二十七歳だが、まだ独身。ほっそりした躰のわりにはバストは大きく、腰も豊かだ。ストレートのロングヘアがさらさらしていて、野性的な感じのする美人で、けっこうもてる。だが、結婚する気はない。シングルで好き勝手なことができる今が最高だと思っている。

大学を出るか出ないかというころに結婚した友人達は、すでに倦怠期《けんたい》に入ったり、夫への苛立《いらだ》ちを口にしている。そのたびに留衣は、目先のことに惑《まど》わされて新生活をスタートした愚《おろ》かさよと、内心、小気味よく思った。

破廉恥《はれんち》に秘所をくつろげて腰をグラインドさせていると、ついに中井の肉茎は上向きになり、二回戦を可能にした状態でひくついた。留衣はまた、男の躰の単純さに苦笑したくなった。

ついに我慢できなくなったのか、中井はシャワーも浴《あ》びずに浴室を飛び出してきた。そして、留衣の躰に被《かぶ》さった。

「あっ、だめっ。シャワーを浴びてきてよ。私も行くから」

「あとでいいだろう？　もう一回してから」

「だめ」

すぐさま剛直を挿入《そうにゅう》しようとする中井に、留衣は腰を振って抵抗した。

「だめっ。汗を流してさっぱりしてから」

くるりと躰を回転させて、浴室に逃げた。

「私のアソコ、あなたのオユビで洗ってくれない？　私もコレを洗ってあげるから」

荒々しい息《いき》をこぼしている中井の肉茎を握ると、掌《てのひら》のなかで滑稽《こっけい》なほどひくついた。

シャワーのノズルを壁に掛けたまま、ふたりは互いのものを洗い合った。

「ヴァギナに石鹸《せっけん》を入れちゃだめよ。しみるんだから」

シャボンのついている指を挿入しようとする中井を、留衣は軽く拒《こば》んだ。シャワーの水流に指を持っていった中井は、すぐにその指を女壺に押し込んで、根元まで沈めていった。

「あは……あなたって元気ね。やっぱり若いってことは凄《すご》いわ。私なんか、あなたから見るとオネエサンどころか、オバサンみたいじゃないの？」

「どうしてそんなこと言うんだ。こんなにピチピチしたきれいな躰をしてるのに。広瀬《ひろせ》さんや石川《いしかわ》さんよりずっと若く見えるじゃないか」

中井は同じ課の、留衣より年下の社員の名前を口にした。

「なあ、今度の正月、両親に会ってくれよ」

中井は留衣と結婚するつもりでいる。亡くなった中井の祖父はわりに有名な画家で、その祖父のひとり娘だった母親が遺産を継いだため、暮らし向きはいいようだ。だが、まずまずの生活が保証されるからといって、今の自由と引き替えにするつもりはなかったし、そのうち、もっと金持ちも出てくるだろうぐらいにしか考えていなかった。中井とは楽しい遊びなのだ。

「四つも年上の女を連れていっても反対されるだけよ。惨《みじ》めな思いはしたくないわ。年相応のいい人を見つけてちょうだい。それに、あなただって、あと五、六年すれば、年下の可愛《かわい》い子がよくなるわ。あうっ！」

留衣の言葉に腹をたてた中井が、女壺のなかを激しくこねまわした。

「オユビはもういいから、おっきいのを入れてちょうだい」

「いやだ！」

疼《うず》く肉茎を挿入したくてたまらないくせに、中井は精いっぱい反抗しようとしている。

（ふふ、拗《す》ねるところも坊やね）

留衣には余裕があった。肉茎に手を伸ばしてつかみ、ゆっくりとしごきたてた。

すぐに中井は鼻から荒い息をこぼしはじめ、女壺に挿入している指の動きを止めた。

「イッて十分も経《た》たないうちにこんなになるなんて……硬《かた》くてステキ。笠がこんなに張ってて、これでアソコをこすられるとたまらないわ……」

肉柱の側面を握っていた手を離し、皺《しわ》袋を掌に載《の》せて軽くいたぶると、女壺に入っている中井の指はまったく用をなさなくなった。

「ここで立ったたましたいわ」

耳元で囁《ささや》くように言うと、中井のものはヒクヒクと反応し、鈴口《すずぐち》から透明液をしたたらせた。

「ねえ、オユビじゃなくて、おっきいのを入れてちょうだい」

中井は呪縛《じゅばく》されたように柔肉から指を抜き、肉茎を握った。それから、留衣の秘口にそれを押し当て、腰を沈めていった。

「ああ……いい気持ち。私とスルの、好き？」

中井はこたえるかわりに留衣のセクシーな唇を塞《ふさ》いで舌を差し入れ、激しく唾液を絡め取った。だが、留衣が腰をくねくねと動かしはじめると、舌の動きが止まった。中井の意識は下腹部だけに集中しているようだ。

「あなたも突いてよ。私のヴァギナをメチャメチャにして」

壁に寄りかかった留衣を、中井は獣《けもの》になって突いてはこねまわした。

「あう！　もっと！　そこっ！　いいっ！」

浴室に反響する留衣の声にいっそう煽《あお》られた中井は、まもなく二度目の樹液を噴きこぼした。

2

「ぐっと空《あ》けて。ぐっと」

「僕、あんまり……」

「なに言ってるのよ、忘年会は一年の締《し》め。うんと酔っ払ったら？」

女達はこのときとばかり、中井を酔わせようとして、グラスを口元まで持っていき、強引にアルコールを注ぎ込もうとしている。

「俺にも注《つ》いでくれよ」

もてる中井に面白《おもしろ》くなさそうな顔をした別の社員が、空《から》になった水割りグラスを差し出した。

「いやあね、私達、ホステスじゃないんだから、自分でつくってよ。いちいちつくるのが面倒なら、ストレートで呑《の》んだら？」

無情な言葉に、男は、チッと舌打ちした。

「そう言えば部長のところのお嬢さん、来年は大学卒業とか言ってらっしゃいませんでしたか？」

今年五十路《いそじ》を迎えた恰幅《かっぷく》のいい藤森《ふじもり》に、可奈子《かなこ》が尋《たず》ねた。去年入社した社員だ。ぽっちゃりした童顔で、なかなか可愛い。男達にもてるが、可奈子は誰にもなびこうとしない。

「大学卒業？　ということは、中井君とひとつちがい？　就職先は……？」

中井の口元にグラスを押しつけていた裕美子《ゆみこ》が、可奈子の言葉を聞いて、藤森の方を見つめた。

「まだだ。今の時代は就職難で大変だ」

「でも、部長のひとことで、うちに就職できるんじゃないですか?」

「そんなわけにはいかんよ。それに、父親といっしょの会社なんて御免被《ごめんこうむ》ると言われた」

「よかった」

「どういうこと?」

ホッとしたような裕美子に、可奈子は首をかしげた。

「だって、部長のお嬢さんが入社したら、手強《てごわ》いライバルになるのはわかってるから」

「えっ? どういうこと?」

「まだ先を言わせる気? 鈍《にぶ》いんだから。部長のお嬢さんと結婚すれば、そこそこ出世できるかもしれないから、中井君、そっちに傾くかもしれないじゃない。困るわ」

「おいおい」

藤森が苦笑した。

「つまり、あなたは中井君と結婚する気? 中井君の趣味はあなたじゃないと思うけど。だって、趣味なら、とうにデイトでもしてるはずでしょ?」

横やりを入れた美樹《みき》に、

「こっそりしてるかも」

裕美子がくふっと笑った。

「嘘！」

「裕美子の言うことなんか嘘に決まってるじゃない。中井君の趣味は私だもん。ねっ？」

中井は酔いはじめている女達に困惑している。留衣は中井に救いを求めるような目を向けられたが、わざと知らん振りをした。

社内恋愛は御法度《ごはっと》ではないが、交際していることが知られると、同じ課にいられなくなるはずだ。留衣はかまわないが、表沙汰《おもてざた》になるといろいろと具合が悪い。それで中井には、絶対に極秘にすることと言ってある。決して中井の部屋には行かないし、自分の部屋にも呼ばない。新宿歌舞伎《かぶき》町や渋谷《しぶや》のラブホテルも使わず、できるだけ目立たない場所のホテルを使っている。

それを中井は留衣の心遣いととっているが、留衣は面倒なことになると困ると思っているだけだ。今の会社にこれからも平穏に勤めるには、荒波立たないにこしたことはない。そのうち、中井には別の女ができるだろう。できなければ、誰かを強引にくっつけるだけだ。

「明日は休みだから、今日は徹夜で呑みましょうよ。ほら、中井君、酔っていいのよ。帰れなくなったら、泊めてあげるから」

「おお、こわ。頭から食われっちまいそうだ。中井、今夜は俺が守ってやるからな」

「やだ、気持ち悪い。加藤《かとう》さんが結婚しないのはホモっ気《け》があるから？」

「両刀遣いだ」

「やだ！　目がマジ！」

酔いはじめた者と、すでに酔っている者が入り乱れ、忘年会は時間が経つほど賑《にぎ》やかになっていった。

「悪いが、私はこの辺で先に失礼するよ」

藤森が、失敬というように、右手を上げた。

「えっ？　まだ早いじゃないですか。全員の呑み会なんて滅多《めった》にないんですから、もう少しつき合って下さいよ」

留衣が引き留めた。

「連日のつき合いがたたって、ちょっと肝臓が弱ってるようだ。本当は医者に酒を止められてるんだ。歳《とし》だな。新年会までには治す」

「そんなこと言って、彼女のところじゃないんでしょうね？　部長はまだまだ男のセクシーさを保ってらっしゃるし」

「セクシーには参ったな」

藤森はまんざらでもないという顔をした。

「愛してるかどうかは別として、あんなもてない人、奥さんオンリーに決まってるじゃない。留衣の社交辞令もたいしたものね」

隣席の由香《ゆか》が、呆《あき》れた顔をして囁いた。

「私がいないほうが盛り上がるんだろうし。失礼しよう。じゃあ」

藤森はきっぱりと席を立った。

「お大事に！」

いっせいに声があがった。

「やっぱり部長がいると、いまいち盛り上がらないよな」

「やだ、今ごろ、外でくしゃみしてるわよ」

一同の笑いが広がった。

3

「遅かったじゃないか」

新宿の高層ホテルの一室に留衣が着いたのは十一時少し前だった。

「これでも、急いだのよ。ずいぶん引き留められたの。やっと口実をつくって別れて来たんだから。みんなカラオケよ。これからもっと盛り上がるはずよ」

九時前に留衣達と別れて帰宅したはずの藤森部長は、とうに風呂に入って浴衣《ゆかた》を羽織《はお》っていた。

「まだ二、三時間は大丈夫でしょう?」

留衣は黒いシックなワンピースを脱ぎながら尋《たず》ねた。

「いくら忘年会といっても、二時までには帰らないと」

「どうせ、奥さん、先に寝てるくせに」

留衣は拗ねたように言ったが、朝までいっしょにいるつもりはなかった。

藤森と深い関係になったのは、入社して一年ほど経ったころだ。かれこれ三年半のつき合いになる。それほど好みというわけではなかったが、ある日、他の課の女性とデイトしている藤森を偶然見かけ、猛烈にライバル意識を燃やした。

(よその課の子が、どうしてうちの部長を横取りするのよ)

そんな気持ちがあった。相談があると言って藤森を誘い出し、深い関係になるのに時間はかからなかった。

『いつか経理部の子とデイトしているのを見かけたわ。もう二度とそんなことをしたら許さないから。このオチンチン、ちょん切っちゃうから』

ベッドの上でそう言うと、

『えっ？　ああ、ひょっとしてユーちゃんのことか。女房の知り合いの娘さんなんだ』

一笑に付され、その態度から、嘘ではないとわかった。気抜けしたが、結婚後、愛人などつくったことがない藤森は留衣に夢中になり、ときどき小遣いも渡すようになった。

『これ、どうかな？』

などと、趣味の悪いアクセサリーなども渡されることがあり、そんな不器用な男だけに、かえって情が湧《わ》いてきた。

（ま、いいか。部長は私といると幸せそうだし）

と、ときどき秘密の逢瀬《おうせ》を重ねている。

藤森は留衣に夢中だが、妻に神経を尖《とが》らせており、外泊はしない。今日のように忘年会となると、深夜まで時間がつくれるが、正直な男なのか、単に気が弱いだけなのか、何もない日に遅くまで留衣と過ごすことはできず、半月に一度ほどの逢瀬では、留衣が適当にふたり分の弁当を買ってホテルに向かうことになる。食事も部屋の中でこっそりというわけだ。留衣はそれを「部長との遠足」と呼んで、惨めったらしくないようにおどけていた。

ラブホテルにふたりで出入りしているところを見られては大変だというわけで、いつも留衣の名前で、出入りが目立たないホテルを予約しておく。たとえロビーやエレベーターで知り合いに会っても、上階のレストランやバーで人に会うところだと言えばいい。アフターファイブにホテル直行ということになるので、六時か七時には部屋に入る。そして、藤森は十時前には帰っていく。

仕事はできても女に関しては不器用そうな藤森が妻に浮気を悟られないように、留衣のほうが常に気を遣っていた。

「お……」

「どう？　気に入った？」

ワンピースの下から現われた黒いガーターベルトに、藤森の目が張りついた。

「留衣は脚が長いから……よく似合《にあ》ってる」

「ショーツだけ脱がせてしてもいいのよ」

故意にメスを強調するように腰を突き出すと、二時間も待たされていた藤森は、我慢ならないというように、ベッドに留衣を押し倒した。

「あう！　お風呂。シャワーを浴びさせて。汗で汚れてるのに……アソコにキスなんかしないで」

藤森がシャワー前の肌の匂《にお》いを嗅《か》ぎながらセックスするのが好きなのを知っている留衣は、言葉と裏腹に、わざと挑発した。

藤森は荒い息を吐きながら留衣の唇を塞いで舌を押し込む一方で、シーツと背中の間に手を入れ、ブラジャーのホックを外《はず》した。肩からストラップを落とし、まろび出た張りのある乳房をつかむと、淡く色づいた乳首を指で玩《もてあそ》んだ。

「ぐ……」

唇を塞がれている留衣はくぐもった声をあげながら、反射的に胸を突き出した。

すぐにコリッとしこり立ってきた乳首に唇を移して舌で転《ころ》がしはじめた藤森は、片手を下腹部に這《は》わせていき、ショーツの布越しに柔肉のあわいをこすりはじめた。

「あん、シミができちゃう」

甘い声を出しながら、留衣はいっそう誘惑的に腰をくねらせた。

鼻息荒い藤森は、執拗《しつよう》に布越しにスリットをいじりまわしている。そのあと、上からではなく、ショーツの脇から指を入れて翳《かげ》りをまさぐり、ぬるりとしている花びらに触れた。舌先は相変わらず乳首を玩んでいる。

「あは……そんなところから指、入れないで……いやらしいんだから……」

留衣はそう言ったものの、中年の、このいやらしさが好きだった。本番行為そのものより、猥褻《わいせつ》な前戯に昂《たか》ぶる。その点、今年大学を卒業したばかりの若い中井啓太には、その淫靡《いんび》さはない。どうしても留衣の快感より自分の欲求を優先させてしまう。それはそれで元気があっていいが、たまには猥褻オジサンにこってりいたぶられたくなる。

女園の指はぬるぬるの花びらを揉みしだき、肉のマメに移っていく。そうかと思えば、秘口周辺の浅い部分だけを抜き差しする。どうにも焦《じ》れったい指戯だ。

「あん、ソコ……もっと……意地悪……」

腰を振って催促すると、藤森は乳首から顔を離した。

「ソコってどこのことだ」

「ソコよ、あん、ソコ」

留衣はわざと「ソコ」と言った。藤森は卑猥《ひわい》な四文字を言わせ、それを聞くことで興奮する。すぐに口にしてしまっては藤森をがっかりさせるだろう。留衣はそんなところにも気を遣い、男が喜ぶのを自分も楽しんでいた。

「早く……ねえ、もっとソコを触《さわ》って」

「どこだ……留衣、どこを触って欲しいんだ」

「わかってるくせに……オ××コ……ばか。部長のばか」

留衣は掠《かす》れたような声で四文字を口にして、恥じらって見せた。

「留衣!」

激しく興奮した藤森は、乱暴に留衣のショーツをずり下ろし、足首から引き抜いて、白い太腿《ふともも》をグイッと割りひらいた。

「いや……だめ……シャワー浴びてから。オクチでしちゃだめ」

留衣はオスの欲情をそそるため、わざとそう言いながら、脚を閉じようともがいてずり上がっていった。

「だめ、だめ、だめ……だめったら……汚れてるからだめ。お小水だってついてるかもしれないんだから」

あまり興奮して心臓発作でも起こされたらまずいと思ったが、藤森がより昂ぶるような言葉を吐きながら、留衣はほどよい抵抗を装《よそお》った。

「嫌われるからいやっ。今日はだめ。今日はうんと汗かいちゃったんだから……あそこ、ビデで洗わせて……あうっ！」

頃合いを見計らって、留衣は藤森の頭を女園にもぐり込ませてやった。

両手で大きくくつろげられた器官を、生あたたかい舌が会陰《えいん》から肉のマメに向かって、べっとりと滑《すべ》っていった。

「んんっ！　ばか……ああっ……変になる……ああん、力が抜けちゃう……」

留衣は藤森が喜ぶように、精いっぱい悶《もだ》えて見せた。確かに気持ちがいい。まるで女の器官をピカピカに磨きあげるように、舌は隈無《くまな》く動いていく。

藤森はクンニリングスが好きで、いつもそこがすり切れるほど舐《な》めまわす。留衣は本番よりそのほうが好きなので、大満足だ。

「あっ、あっ、ソコをそんなにナメナメしないで……変になる……イッちゃう……ああ、そんなにしちゃだめ……」

より舌戯を長引かせるために、留衣は藤森が興奮する言葉と、舌戯を拒否する言葉を交互に口にして悶えた。

肩で息をしている藤森が、やがて蜜でべとべとになっている顔を上げた。

「部長のオクチ、いやらしいんだから……力がなくなっちゃった。もう動けない」

「じっとしてればいいんだ。じっとな」

「シャワーを浴びてないからいやだって言ったのに……嫌いになった……？」

「いい匂いがした。オシッコの匂いもした」

「言わないで」

留衣は顔を背《そむ》けてみせた。

藤森は恥じらう留衣と黒いガーターベルトにそそられて、ついに肉茎を秘口に突き刺した。そして、胸と胸を密着させた。

「ああ、留衣、こんな可愛い女は他にいやしない。いつか誰かと結婚すると思うだけで気が狂いそうになる」

「誰とも結婚なんかしないわ。だって、部長のいやらしいオユビとオクチ、最高だもの。アソコに入ってるものも」

「アソコってどこだ」

「アソコよ。ばか……」

「どこだ」

「もう言わせないで……そんな恥ずかしい言葉なんて」

「言うんだ。言わないとやめるぞ」

「意地悪……オ×××コ……」

藤森は二度目の四文字を強引に言わせたと思って興奮している。若者のように、腰が激しく動きはじめた。

4

可奈子のマンションに着くと、留衣は合鍵でそっとドアを開けた。

「何だか、煙草《たばこ》の匂いがする……いやな匂い」

ピンクのネグリジェを着た可奈子は、ベッドの上でむくれていた。

もうすぐ午前二時半だ。

「遅くなるって言ったじゃない。だから、いっそ明日にしたいって言ったのに」

「男の人と会ってたんでしょ？」

可奈子はご機嫌斜めだ。

「どうしてそんなこと言うのよ」

「煙草臭い」

「居酒屋にいれば煙草の匂いぐらいしみつくわよ」

留衣は軽く流した。

留衣は煙草を吸わない。けれど、藤森が女と会ってきたのが妻にばれないようにと、いつも逢瀬のあとは用意している煙草をつけて、髪や背広に煙を吹きつけてやる。風呂に入っても藤森が決して石鹸を使わないように注意してやるし、女の匂いが少しでも残っていてはいけないと、自分は香水の類《たぐい》だけでなく、香料の強い化粧品も使わないようにしている。女の鼻は敏感だ。

「生理前でご機嫌が悪いの？　そろそろ始まるころでしょう？」

「誰と会ってたの？」

「親戚の結婚式で東京に出てきた高校時代のクラスメートと言ったじゃない。いちいち、いっしょに並んでる写真でも写してこないと信じないの？　そんなに信用してもらえないのなら、これっきりにしたっていいのよ。だって、疑われるなんて哀《かな》しいから。帰るわ」

「だめ……」

急に可奈子の声が弱々しくなった。

「もう疑わない？」

「日が変わるとき、いっしょにいてほしかったんだもん……午前零《れい》時に……」

今日は可奈子の二十四歳の誕生日だ。こんなときに忘年会も重なってしまい、藤森との時間も過ごさなければならなかったし、留衣は大忙しだ。

中井啓太にも忘年会のあとで会いたいと言われたが、こんなときは純粋にみんなとつき合うことだけを考えていないと、ちょっとしたことでふたりの関係を知られてしまうことにもなりかねないからと諭《さと》して、何とか納得させた。

可奈子はレズだ。入社したときから留衣を見る目がちがっていた。誕生日に高価なスカーフをプレゼントされた。留衣にレズの気《け》はなかったが、可奈子は可愛い女で、同僚の男達が、誰が最初に可奈子を射止めるかなどと騒いでいたので、そのときはライバル意識というより、男に対して意地の悪い気持ちが芽生えて、可奈子がその気なら、一度、女も味見してみようと思って手をつけた。

可奈子はますます留衣に夢中になり、男の誘いなど無視している。留衣も女を愛してみると、男とのセックスとちがう面白さがあるのがわかり、一度の味見が定期的な味見になってしまった。

「アソコはきれいに洗ってるんでしょうね？　可奈子はすぐ濡《ぬ》れるいやらしい女だから、洗っても洗ってもすぐにぬるぬるになっちゃうのよね」

可奈子はその言葉だけで上気して、濡れたような目を留衣に向けた。

「はい、お誕生日おめでとう」

真っ赤なリボンのついたプレゼントをバッグから出して渡すと、

「なあに？」

可奈子の顔がほころんだ。

「開けてみたら？」

まるで無邪気な子供のようにはしゃぎながら、可奈子は包みを開けた。そして、箱を開けて中のものを取り出すと、コクッと白い喉《のど》を鳴らした。

「ふふ、仔猫ちゃんに似合うと思って買ったのよ。すぐにつけなさい」

「でも……」

「あら、私のプレゼントが気に食わないってわけ？　高かったのよ」

黒いレザーのショーツで、大事な部分に十センチばかりのジッパーがついている。それを開ければ、肉のマメからアヌスのあたりまでが丸見えになる。ややアブノーマルな男性か、よほど猥褻な男が女につけさせるために買う下着だろう。それを留衣は可奈子の誕生日のためというより、可奈子をいたぶる自分の楽しみのために買った。

「さあ、つけてちょうだい」

可奈子は泣きそうな顔をした。やや鼻頭を赤くした可奈子に、留衣は仔兎《こうさぎ》を想像した。こういう顔は嗜虐《しぎやく》心をつのらせる。ますます虐《いじ》めてみたくなる。男なら、留衣以上にこの顔に興奮するのかもしれない。

「あら、気に入らなかったの？　残念ね。それを持って帰るわ」

冷たく言い放つと、可奈子は慌《あわ》てて首を振り立てた。それから、ネグリジェと同じピンクのショーツを脱ぎ、黒いグロテスクなショーツを穿《は》いた。

「ふふ、ピッタリじゃない」

可奈子は慌ててネグリジェの裾《すそ》を下ろした。

「どうして隠すの？　ネグリジェを胸まで捲《まく》り上げて横になったら、大きく脚をひらくのよ。早く！」

留衣の感情を損《そこ》ねたくないという気持ちと、破廉恥な格好をはばかる可奈子の複雑な心境が伝わってくる。けれど、可奈子は言われるままにベッドに横になってネグリジェを捲り上げ、それで顔まで隠してしまった。留衣はすぐに顔からネグリジェの裾を剥《は》いだ。

「脚は？　もっとよ。いいえ、もっと。裂けるほど大きくひらくのよ！　もっと！」

可奈子は少しずつ、しかし、白い太腿を、やがて最大限に押し広げた。

「ふふ、いい格好。可奈子はいやらしいことが大好きなくせに、わざと焦らすのよね。使っちゃいけないと言ってるけど、アレだって、勝手にひとりで使ってるんでしょう？」

サイドテーブルの抽出《ひきだし》から、留衣は黒いバイブを取り出した。これも留衣が買ってきたものだ。

「可奈子は本当は、男のおっきいものが大好きで、アソコに本物を入れて欲しいのよ。そうでしょう？」

可奈子は必死で首を振り立てた。

「じゃあ、本物より、このオモチャがいいってわけ？」

留衣はショーツの正面についているジッパーをゆっくりと下ろしていった。

「いや……」

可奈子は腰をもじつかせた。

黒い枠《わく》のなかから、うっすらした翳りを載《の》せた肉のマンジュウが現われた。ぱっくりと口をひらいた柔肉は、すでにぬめ光っている。

「もうジュースでべとべとじゃない。何がいやよ。いやらしい。このショーツ、気に入ってるんじゃない。嘘つき仔猫ちゃん。今度はお尻のところだけ穴のあいてるショーツをプレゼントしてあげるわ」

留衣はバイブの先の亀頭部分で、肉のマメをグリグリと押さえつけた。顎《あご》を突き出して切《せつ》なそうに身悶えする可奈子の小鼻がふくらんだ。

愛らしい女だ。けれど、所詮《しょせん》、女同士。留衣はノーマルだ。いつか別れるときが来るだろう。だが、留衣から別れを言い出すとなると、男の中井や藤森とは比べられないほどのエネルギーが必要になりそうだ。いざとなったら中井と可奈子をくっつけなければと、留衣は今から将来のことを考えていた。

『結婚は隠れ蓑《みの》で、友人としていつもいっしょに会えるじゃない。女同士ということで、旅行にもいっしょに行けるわ。これからのふたりのためよ』

そう可奈子には言えばいい。しかし、中井には何と言えばいいのか……。それに、中井に留衣以外の女ができたら、可奈子とくっつけることもできなくなる。

同じ課の藤森部長に中井に可奈子……。このごろ留衣は、身近な者に手をつけすぎたかなと思うことがある。三人のうちの誰かとの関係が社内の者に知られたら、それだけで大変なことになるのは目に見えている。藤森は妻子持ち、中井は女達のアイドル、可奈子は同性だ。

(図々しく会社に居座ることはできなくなるわね……でも、そのスリルも、また何とも言えないのよね。このスリルがあるから毎日が楽しいのかもしれないわ)

留衣は内心、クスリと笑いながら、可奈子からバイブを離し、卑猥なショーツの穴に顔を埋《うず》めると、パールピンクの猥褻で美しい器官を舐め上げた。

「あん……」

可奈子の唇から、ゾクリとする喘《あえ》ぎが洩《も》れた。

アクシデント

1

「お腹《なか》、空《す》いちゃったなあ……」

ため息《いき》混じりに女が言った。

「ねえ、食事？」

駅ビルの最上階のレストラン街で、店の入口の蠟細工《ろうざいく》のメニューを眺《なが》めていた多田雄一《ただゆういち》は、見知らぬ女が自分に尋《たず》ねているとわかると、戸惑ったように、ああ、と頷《うなず》いた。

日本列島は例年にない寒波に襲われているというのに、十代と思える小柄な女は、ミニスカートだ。ロングコートを羽織《はお》っているとはいえ、膝《ひざ》から上は薄いストッキングに包まれているだけで、いくらブーツを履《は》いていても、無防備で寒そうに見える。男より女のほうが皮下脂肪が厚いとわかっていても、多田はいつも女の辛抱《しんぼう》強さには感心してしまう。

「お腹空いちゃったんだけど、ご馳走《ちそう》してくれるはずだった友達が来られなくなったから、私、困ってるんだ」

女はまた大きなため息をついた。ショートヘアに似合いの大きなリングのピアスがゆらゆら揺れた。長い睫毛《まつげ》の動きがセクシーだ。

大きな女が多くなっているが、多田は小さな女が好みだ。厚底ブーツを脱げば、女の身長はせいぜい一五〇センチ余りではないか。

「これでいいからご馳走してくれないかなあ?」

女は数百円のいちばん安い定食を指《さ》した。

図々しい女が多くなっているだけに、唐突とはいえ、女の要求は、その小柄な体軀《たいく》のように愛らしかった。

多田は結婚生活十一年めの四十一歳。ときどき女のつまみ食いはするが、援助交際はまずいので、その手の女とわかると関わらないようにしている。だが、目の前の女は目立ちすぎるコギャルなどでもなく、多田の気持ちは大きくなった。

「いくらなんでもそれじゃなあ。もう少し高いのにしたらどうだ」

「やったァ!」

大きな目をさらに丸くした女は、それでも、たいして高いものは頼まなかった。

美乃里《みのり》と名乗った女と向かい合って座ると、透明感のある唇の愛らしさが際立って見えた。ついつい多田は、美乃里は男を知っているだろうかと考えた。

(今どきは早いからな……これでバージンだったら、奇蹟《きせき》に近いか。この口でムスコを舐《な》めまわされたら気持ちがいいだろうな……)

そんなことを考えていると、今度は、何人の男を知っているのだろうと気になった。

美乃里は毎日、複数の男に声をかけられてもおかしくないタイプだ。尻軽女《しりがる》という感じではなく、どことなく親近感があり、近づきたくなるタイプだ。若いくせに、やけに色気もある。

「私、苦労したのよ」

箸《はし》を動かしながら、美乃里は言葉と裏腹に、苦労を感じさせない笑みを浮かべた。

「母親は私を産むと、すぐに離婚して、女手ひとつで育てられたの。どうしてママが離婚したかわかる？」

「さあ……？」

「私がその人の子供じゃないって、一年しないうちにばれちゃったんだって」

美乃里は淡々と口にしたが、多田は呆気《あっけ》にとられた。

「その前につき合ってた人の子供だって。つまり、私は母親の結婚した相手も知らないし、実の父親のことも知らないわけ。赤ん坊じゃ、記憶にあるわけないでしょ？」

初対面の男にそんなことを話す美乃里に、多田はますます親近感を覚えた。暗い顔をして話されたら鬱陶《うっとう》しいし、せっかくの食事が不味《まず》くなるかもしれないが、美乃里の陽気さが多田の気持ちをなごやかにした。

「近くに、美味《おい》しいコーヒーを飲ませてくれるところがあるの。ご馳走してくれない？　食事の後ってコーヒーが飲みたくなるのよね」

食後の美乃里の言葉に、まだしばらくいっしょにいられると、多田はすぐに誘いを受けた。

2

美乃里に案内されるままに歩いていると、賑《にぎ》やかな通りの裏手のラブホテル街になった。

すぐ目の前を歩いていた若いカップルが手を繋《つな》いでホテルに消えたとき、多田も無性《むしょう》に美乃里を抱きたくなった。だが、美乃里に信用されていると思うと、連れ込むには迷いがあった。

「こんなところに喫茶店があるのか……？」

「えっ？　喫茶店とは言わなかったでしょ？　美味しいコーヒーを飲ませてくれるところって言ったけど。ここ。ね、オジサン、ここのコーヒー、案外、美味しいんだよ」

美乃里は若いカップルの消えたホテルのひとつ先のホテルに、多田の腕をつかんで引っ張り込んだ。

美乃里は中に入ると、各部屋の写真の載《の》っているボードを眺め、

「ここがいい」

すぐに一室を指した。

戸惑っていた多田だが、気づいたときはキーを手にしていた。

エレベーターに乗ると、喉《のど》が渇《かわ》いた。

「まさか、高校生じゃないよな……？」

「若く見られるけど、もうじき二十歳《はたち》。立派なオ・ト・ナ」

美乃里は多田の腕にぶら下がるようにして、ふふっと笑った。

部屋に入った美乃里はコートを脱ぐと、

「このブーツ、疲れるの」

多田に尻を向けて前屈《かが》みになった。

ミニスカートの裾《すそ》から、薄いストッキング越しに赤いハイレグショーツが透《す》けて見えた。

エレベーターに乗ったときから股間《こかん》が疼《うず》いていた多田は、美乃里の尻の谷間に食い込んでいる布地を見たとたん、鼻息が荒くなった。さらに肉茎の硬度が増した。

美乃里は目の前のベッドに腰掛けもせず、上体を屈めたまま、ブーツのファスナーを下ろしている。

このまま押し倒して抱こうかと思ったが、あまりの性急さに軽蔑《けいべつ》されてしまってはと、精いっぱい欲望を抑《おさ》えた。

「ブーツ、脱がせてやろうか……」

多田は平静を装《よそお》って尋ねた。

「ひょっとして、脚《あし》フェチ？」

肩越しに振り返った美乃里が、悪戯《いたずら》っぽく笑った。

「あ……いや……脱ぎにくそうじゃないか」

「大丈夫。お風呂入れてきて」

こうなってくると、もうじき可愛《かわい》い女を抱けるとワクワクすると同時に、ひょっとして援助交際のつもりではないかという疑問も頭をもたげてくる。

ここまできたからには、たとえ金をくれと言われても、そんなつもりはないから出ようとは言えない。しかし、高すぎると困る。

「たいして金はないぞ」

風呂から戻ってきた多田は、ブーツを脱ぎ終えてインスタントコーヒーを入れようとしている美乃里に言った。

「二時間だったら大丈夫でしょ？」

「いくらなんだ」

「書いてあったじゃない」

「ホテル代じゃない……その……いくらほしいんだ」

「ええっ？　それって援交じゃん」

「ちがうのか……？」

「失礼しちゃう。美味しいコーヒーを飲みに来ただけじゃない。そう言ったでしょ？」

ということは、セックスなしかと、多田は急に拍子抜けした。

「コーヒーだけなら、風呂は入れないでよかったじゃないか」

「バァカ。ホテルに来てコーヒーだけ飲んで帰るつもり？」

「コーヒーを飲みに来たって言ったじゃないか」

「コーヒーだけのはずがないでしょ？」

小娘に玩《もてあそ》ばれているような気がしてきた。

「これ、けっこう美味しいんだから」

渡されたものを飲んでみたが、インスタントコーヒーの味しかしない。

「いつもここに来てるのか」

「初めて」

「そんなわけないだろ？」

「友達にここのコーヒー美味しいって聞いたから、いちど来たかったの」

多田は美乃里の尻をひっぱたきたくなった。美乃里は嘘つきだ。しかし、それがわかっていても可愛い。世の中にはこの野郎と思っても、憎めない奴がいる。美乃里もそんな女だ。

風呂にはいっしょに入った。別々に入って財布でも抜かれて逃げられたらと、一抹《いちまつ》の不安があったからだ。

子供をふたり産んで四十路《よそじ》に入った妻と比べると、美乃里の躰《からだ》はもぎたての果実だ。尻がツンとしていて、椀《わん》形の乳房は水分が溢《あふ》れそうなほど張《みなぎ》っている。ウエストがくびれていて、無駄な肉がまったくない。小さな乳首の淡い色が初々《ういうい》しい。

突然、キャハッと笑った美乃里は、浴槽の中で向き合っている多田の股間に手を伸ばし、いきり立っている肉茎をグイとつかんだ。

「オジサン、したいわけ？」

多田は短い声を上げて息を止めた。

「男って、興奮すると、すぐ勃《た》っちゃうもんね。バレバレ」

つかんだままクイクイと強弱をつけて刺激する美乃里に、ますます肉茎が猛《たけ》った。

多田も何とか手を伸ばし、美乃里の黒い翳《かげ》りの中に手を入れた。二枚の花びらに触れて、そのあわいに指を進め、人差し指を秘口に挿入《そうにゅう》すると、総身を硬直させた美乃里は、鼻にかかった喘《あえ》ぎを洩《も》らした。

第一関節まで押し込んでいる指を、軽く出し入れすると、美乃里は可愛く小鼻をふくらませた。

「ツルッと入ったぞ。濡《ぬ》れてるな」

「入口だけじゃん……それに……んっ……お風呂に入ってるから濡れてるのは当たり前」

「お湯じゃなくて、これはヌルヌルだ」

「お湯だってば。オジサンだって、先っちょからヌルヌルが出てるくせに」

鈴口《すずぐち》を指でいじられ、多田は我慢できなくなった。

美乃里を抱き寄せ、唇を塞《ふさ》いだ。美乃里は激しくイヤイヤをして顔を背《そむ》けた。多田は唇を諦《あきら》めて乳首に吸いついた。

声をあげた美乃里は反射的に胸を突き出した。小さな乳首が、口の中であっという間にしこり立った。

「だめ……あん……だめってば」

本当の拒絶ではないとわかる言葉を押し出しながら、美乃里は多田を押しのけようとした。

乳首を吸い上げたり舌でつついたりしながら、多田の指はふたたび花びらをまさぐった。さっき以上のぬめりがあった。

秘口に根元まで人差し指を押し込んだ。入口がキリキリと指を締《し》めつけてくる。生あたかい膣《ちつ》ヒダの感触に、多田の肉茎がひくついた。指を肉ヒダに沿って動かしたり、子宮頸を押したりして、全体の形や具合を確かめた。

入口付近をくすぐるようにコチョコチョやると、美乃里の喘ぎが大きくなった。指を入れたまま親指で肉のマメをまさぐると、いっそう息が荒くなった。

多田は指を出して肉茎をつかみ、秘口にあてがった。いざ挿入しようとすると、今まで喘いでいた美乃里が、さっと腰を引いた。

「だァめ」

スルリと多田の腕を抜けて浴槽から出ると、舌を出して浴室から出ていった。

多田も慌《あわ》てて後を追った。

「お風呂上がりのコーヒー、飲む？　さっきとひと味ちがうと思うよ」

完全に玩ばれている。多田は素っ裸でラブソファに座った美乃里の腕をつかんで、グイと引き寄せた。

「だめ！」

ここまで誘っておきながら、いつまで焦《じ》らせば気が済むんだと、多田は傍《かたわ》らのベッドまで引っ張り、押し倒した。

「しない！　しない！　絶対しないから！」

風呂で指を根元まで呑《の》み込んだからにはバージンのはずはない。拒《こば》まれても、はい、そうですかと退《ひ》くわけにはいかない。元々、多田をこのホテルに引っ張り込んだのは美乃里のほうだ。

「絶対しない！」

「じゃあ、セックスはやめだ。ナメナメだけだ」

仰向《あおむ》けに押さえ込んでいる美乃里の下半身に躰を移し、太腿《ふともも》を思いきり押し上げた。ほどよい濃さの翳りを載せた肉のマンジュウがパックリと割れて、ぬらぬらとパールピンクに輝く女の器官が現われた。

乳首の色に似て、黒ずみのない紅梅色の器官だ。元々色素が薄い体質だろうが、透明感のあるきれいな器官を眺めると、まだ男を知らないのではないかと錯覚しそうになる。

器官に見入っていた隙《すき》に、美乃里に蹴《け》られそうになった。多田はさらに太腿を押し上げて、すかさず柔肉のあわいに顔を埋《うず》めた。

ヒクッと美乃里の腰がバウンドした。

多田の鼻孔にメスの匂《にお》いが充満した。歳を重ねた女の匂いとは異なるものの、オスをクラクラさせる猥褻《わいせつ》な誘惑臭に変わりはない。

秘口から肉のマメに向かって舐《な》め上げた。クッと喘いだ美乃里が腰を突き出した。

多田は夢中になって秘園を舐めまわした。太腿から手を放さずに、舌で肉のマメの包皮を剝《む》き上げるようにすると、美乃里の腰が激しく反応した。

真珠玉のような小さなつぼみを唇で軽く吸い上げた。

早くも絶頂の声を押し出した美乃里が、シーツから背中を浮かせて顎《あご》を突き上げた。

「ひょっとして、オナニーのしすぎでクリちゃんが鈍《にぶ》くなってたらどうしようかと思ったが、ちゃんと感じるんで安心したぞ」

顔を上げた多田の唇のまわりは、蜜のぬめりで卑猥《ひわい》に光っている。

いよいよ肉茎を挿入しようとすると、

「しない！」

とろんとしていたかと思った美乃里が、ひょいと躰を横にして挿入を拒んだ。

多田は内心舌打ちしたが、美乃里の可憐《かれん》でセクシーな唇を見ると、無性にフェラチオさせたくなった。

「したくないなら、口でしてもらおうか」

「いや」

「ここまで何しに来たんだ」

「コーヒー飲んでナメナメしてもらうため」

美乃里はクッと笑ってベッドから飛び下りると、裸のまま逃げ出し、浴室に入ってドアを閉めた。

すぐに多田とノブの引き合いが始まった。美乃里の裸体が擦《す》りガラス越しに透けている。

（ガキの遊び相手か……）

多田は美乃里の子供っぽさや意外な行動が愉快になった。

「開けろ。ケツをひっぱたかれたいか」

「もうおしまいだよ。私、ちゃんとイッちゃったんだからさ。バイバ～イ」

体重をかけて両手でノブを引っ張っていた美乃里だが、やがて多田の力に負けた。

「だめ！　だめっ！」

美乃里は湯船の湯を、両手で掬《すく》って必死に掛けた。多田の髪がビショビショになった。

抵抗虚《むな》しく、すぐに囚《とら》われ人となった美乃里は、濡れた躰のままベッドに押し倒された。

「オジサン、怖い。怖いよ。だけど、もういちどナメナメしてくれたら、オクチでしてあげてもいいけど」

観念したのか、美乃里は交換条件を出した。

今さら何を言われても、全面的に信用するわけにはいかない。クンニリングスをしてやっても、その後、フェラチオしてくれるとは限らない。かといって、最初にフェラチオさせれば、大事なものを噛《か》まれる心配もある。痛みを堪《こら》えている間に逃げられたら情けない。

「よし、シックスナインだ。まじめにしないと、クリを噛みちぎって食っちまうぞ」

脅《おど》しておけば、大事なものに歯を立てられる心配はないだろう。多田が下になった。顔の上のぬら光る女園は、太腿を押し上げて眺めた秘園より、いちだんと猥褻だ。

剛直が握られ、パックリと咥《くわ》え込まれ、すぐに美乃里の舌が動き出した。ぬめっとした妖《あや》しい唇と舌の感触に、多田は息を止めた。思ったより上手《うま》い。アヌスがゾクゾクする。

つい秘園を辿《たど》る舌の動きが止まってしまう。美乃里が催促するように、多田の顔にクイクイと腰を押しつけた。

ピチャピチャ、ペチョペチョと、互いの卑猥な舐め音が広がった。

「んんぐ……ぐ」

ヌルヌルをたっぷりと出している美乃里が、鼻からくぐもった声を上げている。今にも昇りつめそうな気配だ。多田は舌を動かすのをやめた。

「俺がイッてから続きをしてやるからな」

美乃里が催促の腰を振った。だが、多田は動かなかった。美乃里の舌が動きはじめた。亀頭全体を舐めまわし、鈴口に舌先を入れようとする。そうしながら、肉柱の根元をしっかりと握って、それなりにスライドさせている。

やがて多田の躰を、熱いものが駆け抜けていった。

3

ホテルを出ると、暖まっていた躰も、すぐに冷えてきた。コートの中でブルッと躰が縮んだ。

「またお腹空いちゃったみたい。ホカホカの肉まん食べたい！　あ、コンビニがある。オジサンも食べる？　ふたつ買ってよ」

美乃里が店に入った。

レジで金を払うと、美乃里は多田の腕を取った。店員に対して気恥ずかしさを覚えたが、多田はそのまま店を出た。ちょうどそのとき、女がやって来るところだった。

「ママ……」

「あら、どうしてこんな所にいるの？」

女が美乃里の母親とわかり、多田はギョッとした。

女は美乃里から多田へと視線を向けた。

多田は美乃里の腕を解《ほど》き、息を呑むようにして女を見つめた。どこかで会ったことがあるような気がした。

「ねえ、もしかして多田さんじゃないの？」

「誰だったかな……？」

「綾瀬《あやせ》牧子《まきこ》よ。忘れたなんて言わせないから」

そう言われた多田は、大学を卒業して就職し、会社の先輩に連れて行かれたバーで知り合い、こっそりと一年ほどつき合った女だと気づいて、動悸がした。遠い昔のことだ。牧子はそれだけ歳を重ね、髪型も変わっている。

「こんなところで三人で会ったのも、きっと神様の引き合わせね。話があるわ」

「ママの知り合いとは知らなかったわ……私、先に帰る」

美乃里は多田から離れようとした。

「だめよ。この人は美乃里と深い関係がある人なんだから」

「深い関係になんかなってないぞ」

クンニリングスやフェラチオはしたが、とうとうセックスはしなかった。牧子に勘《かん》ぐられていると思った多田は慌てた。

「なに言ってるの？　まさか……娘に変なことしたりしてないでしょうね……美乃里はまだ十七なんだから」

「十七……？　そんな……もうじき二十歳と聞いたぞ」

美乃里が肩を竦《すく》めた。

どうやら未成年のようだ。多田はセックスしないでよかったと、冷や汗を掻《か》いた。

かつて夢中になった女と再会したとはいえ、その娘ともホテルに行ってしまい、バツが悪い。心残りはあるが、一刻も早くふたりから離れなければならない。

「ともかく、娘とあなたは深い関係があるの。話を聞いて」

「関係あるったって、実のパパとかいうY・Tさんとかじゃあるまいし。私、帰るから」

美乃里のさりげない言葉に、多田は喉を鳴らした。

「この人、多田雄一っていうのよ」

「え？　それって……Ｙ・Ｔじゃん」

驚いている美乃里に、多田はどうなっているんだと混乱した。

喫茶店で牧子に、美乃里はあなたの子供なの、と再度言われたが、多田はそんなはずはないと否定した。

「娘と腕を組んだりしてたけど、本当に変なホテルに入ったりしていないでしょうね？　十七歳の娘とホテルに入るなんて犯罪よ。しかも、実の娘となると……」

「バカなことを言うな……」

「じゃあ、信じていいのね？」

多田はすぐさま頷いた。

「あなたを探そうと思ってたの。この娘を女手ひとつで育てるのは大変だったんだから」

美乃里に夕食を奢《おご》ったとき、だいたいのことは聞いている。母親は誰かと結婚したが、美乃里がその男の子ではないとわかり、離婚されたということだった。しかし、美乃里がどうして自分の子なのだと、現実的ではないあまりの偶然に、多田は混乱するばかりだ。

悪い夢を見ているのだと思った。美乃里の口戯《こうぎ》で射精した瞬間に覚《さ》めればよかったのに、などとまで考えた。

「社会人になったばかりのあなたに誘われてそういう関係になって、私はあなたと結婚したかったけど、企業のエリートとバーの女は不釣り合いだって言われて、どう頑張っても結婚なんかしてくれないとわかって……」

牧子が恨みがましく言った。

「待ってくれ。捨てられたのは俺のほうだ。俺ときみが不釣り合いだなんて言った覚えはないぞ。急に別れてくれって言うから、どうしてだと訊《き》いたら、きみといっしょになれないなら自殺するという男がいて、まあいい人だし、そんなに惚《ほ》れてくれるのなら結婚するしかないと思ったからということだったじゃないか。だんだん思い出してきたぞ」

多田はナイスボディのふたつ年上の牧子に夢中だった。牧子のアソコの具合は良かったし、口戯もそれまでにつき合ったどの女よりうまかった。

生真面目《きまじめ》な両親は牧子との結婚に反対するだろうと想像できたが、当時の多田にとっては、牧子がこの世で最高の女だった。牧子の躰を一生、自分のものにできるなら、親さえ捨てようと思った。

「俺は別れたくなかったんだ」

「嘘。十七年前のことだから忘れてるのよ。男っていいかげんだから、勝手にそういうふうに考えて、いつしかそれが真実だと思い込んでしまうのよ。私の苦労も知らないで」

牧子はハンカチで目頭《めがしら》を押さえて鼻をすすった。

「オジサン、私のパパなんだ……」

美乃里が、ハアッとため息をついた。

「待て。ちがう。そんなはずはない。ちゃんと妊娠しないようにしてたはずだし」

そう簡単に父親にされてはたまらない。

「男はコンドームすると感覚が百倍ちがうって嫌うのよ。あなただって、安全日かもしれないという私の言葉でつけなかったこともあるわ」

そう言われれば、返す言葉もない。

「他の男の子かもしれないだろう？　俺とは似てないと思わないか？」

セックスはしてないとはいえ、シックスナインなどしてしまった美乃里だけに、娘であるはずがないと思いたい。娘なら、これ以上の悪夢はない。

「酷《ひど》いことを言うわね……あのころ、あなた以外の人とはつき合わなかったわ。それから結婚して浮気もしなかったのに、どうして他の人の子供が生まれるの？　産んだ私がいちばんよくわかるわ」

ハンカチで顔を隠して鼻をすすっている牧子を眺めていると、本当かもしれないと思えてきた。

「だけど……信じられない……どうして今さら……」

「ずっとひとりで頑張ってきたのよ。だけど、疲れてきたから、あなたを捜《さが》して養育費を工面《くめん》してもらおうかとか、これからこの子のことを面倒見てもらいたいと考えるようになっていた矢先だったの。ねえ、美乃里……」

「まあね……私、大学に行きたいんだ。だけど、経済状態がね……だから、ママが、パパを捜して大学の学費を援助してもらおうかって言うようになってたんだ」

「今日、仕事に行ったら、不景気だからって、突然、パート先を解雇されたの。途方に暮れたわ。ラブホテルの求人広告を見て、勤めてみようかしらとあそこを歩いてたら、偶然あなたに会ったってわけ。神様が引き合わせてくれたんだわ」

多田にはすでに妻と小学生の子供がふたりいる。これから金がかかる。マンションのローンも残っている。それなのに養育費、大学の学費の援助、パート解雇などという言葉が牧子と美乃里の口から次々と出てくると、多田は目の前が真っ暗になった。

「私、泣く泣くあなたと別れたけど、あなたの子供だけは産みたかったの。だから、私と結婚できないなら自殺するって言ったその人と、慌てていっしょになって、何とか早産だと言って、騙《だま》して産んだつもりだったけど、俺にぜんぜん似てないって言われるようになって、こっそりDNA鑑定されて離婚よ。結局、薄情な男だったのね。それから苦労したわ。こんな不景気だから、次の仕事もすぐには見つからないかも……」

重苦しい沈黙に包まれた。

「ねえ、この子を養女にしてくれない？　いいネクタイだわ。コートもカシミアじゃないかもしれないけど、上等みたい。ひとりぐらい子供が増えたって生活できるでしょう？」

沈黙に耐えきれずにグラスの水を飲んでいた多田は、激しく噎《む》せた。

「困る。いや、大変なのはわかった。だけど、まだこの子が自分の子だと言われても信じられないような状態なんだ。それに女房に知られたら、家は崩壊だ」

「じゃあ、自分の娘が行きたい大学にも行けず、いいえ、高校だって中退になるかもしれないのに、平気だって言うのね」

「いや、そうじゃない。少しだけ時間をくれ」

ふたりのことより、まず混乱している自分の気持ちを整理しなければならない。

「私達の生活は待ったなしなのよ……今日は少しでいいから工面してちょうだい」

給料が出た後で、財布にはまだ金が入っている。美乃里との夕食と、二時間休息のホテル代を合わせても一万円ほどしか使っていない。美乃里は言葉どおり援助交際するつもりはなかったらしく、金も請求しなかった。

多田は財布を出して、五万円渡した。これから一カ月が侘《わび》しくなる。

「これだけ？　もう課長さんどころか、部長さんぐらいになってるんじゃないの？　お給料、いいんでしょう？」

「うちの会社だって、この不景気で大変なんだ。だいぶリストラされてるしな」

「また来週にでも、会社に顔を出していい？」

五万円受け取った牧子の言葉に、多田は困惑した。

「あなたを捜すにしても、海外に赴任でもしてたらどうしようと思ったけど、ここにいるってことは、東京本社にいるってことよね。受付に行けば、いつでも呼んでくれるのかしら」

牧子が会社に訪ねてくるかもしれないと思うと、楽天主義のつもりだった多田も焦《あせ》った。

「会社はまずい。仕事が忙しいんだ」

「じゃあ、ともかく、今の名刺をちょうだい。電話ならいいでしょう？　電話も、自宅より会社のほうがいいわね。でも、自宅の番号も教えて」

「名刺はちょうど切らしてるところなんだ。家より携帯のほうがいい。掛けるなら正午から夜の十時ごろまでにしてくれ。夜中は切ってる」

やむなく、いちばん安全だと思える携帯の番号をメモして渡した。名刺など渡せない。家に電話などかけられたら取り返しがつかなくなる。

「美乃里のこと、どうしても疑いが晴れないなら、いつでも検査していいのよ。間違いなくあなたの子だってわかるはずだから。でも、検査するなら、奥様にもいっしょに来てもらうわ。奥様に、養女にしてくれないかってことも話したいし。でも、検査で親子ってわかったら、養女じゃなく、実子になるのかしら。私といるより、経済的にしっかりしてるあなたと暮らすほうが幸せになってくれると思うから」

「パパ……変な出会いだったね。嬉《うれ》しいけど、迷惑だった？　私、パパのこと、大好き。いい人だってわかるし」

美乃里の言葉に、多田は複雑な笑みを浮かべた。

4

携帯で美乃里に呼び出された多田は、仕事が終わると先日の喫茶店に向かった。

「あのこと、言ってないだろうな……」

「あのことって……？」

「ホテルに入ったってことだ」

たった今も不安は山ほどある。その中でも、美乃里とホテルに入ったことだけは牧子に知られたくなかった。

「ふふ、言ってない。追及されたけど、誘ったら、説教されたってことにしといたから」

最初から我が子とわかっていれば、ホテルに入ったりしなかった。小説のようなことが我が身に起こったことで、多田は悪夢ではなく、悪夢のような現実が永遠に続くのだと、朝起きたときからベッドに入るまで、これからのことばかり考えていた。

今朝は妻から、躰の具合でも悪いんじゃないの？　と訊かれ、慌てて否定した。会社ではボッとしていたのか、上司に、熱でもあるんじゃないかと言われた。美乃里と牧子のことで頭が一杯で、いくら冷静になろうと思っても、沈着ではいられない。

しかし、いくら悪夢のような現実とはいえ、美乃里は可愛い。他人だったらまたベッドインしたいところだ。だが、自分の血が半分流れている娘だ。セックスをしなかったことが、今では唯一の救いに思えた。

「ね、もっと美味しいコーヒー飲みに行こうよ」

「ここのコーヒーでいいじゃないか。授業料は払ったんだろうな？」

多田の子供はふたりとも息子なので、娘となると、別の愛《いと》しさが湧《わ》いてくる。ポケットには美乃里に渡そうと思っている二十万円が入っている。急の呼び出しだったので、それだけしか都合がつかなかった。これからいくらかかるかわからないが、薄情に突き放すことはできない。

「制服はどうした？　ピアスはまずいんじゃないか？　まさか、学校に行ってないんじゃないだろうな？　こないだも私服だったぞ」

「着替えてきた。大学に行きたいのに、授業をさぼるわけないじゃん。ピアスなんて、今どき、みんなしてるよ。ね、こないだのところに、美味しいコーヒー飲みに行こうよ」

美乃里が立ち上がった。

「まさか、ホテルに行こうって言うんじゃないだろうな」

「その、まさか。行こうよ。あったかいお風呂入って、あったまろうよ」

怒るより先に唖然《あぜん》とした。しかし、なぜか心臓がドクドクと鳴った。

「バカなことというな……」

「私、ちっちゃいころ、パパとお風呂に入った記憶がないもん。パパの家に行って、いっしょにお風呂に入るわけにはいかないし」

セックスを連想していた多田は、そういうことかと、自分の思い込みに冷や汗を掻き、美乃里の気持ちがいじらしくなった。だが、ラブホテルに行くわけにはいかない。

「せめて小学生ならいっしょに風呂もいいが、十七じゃなあ……」

「もう私の裸、全部見たくせに。アソコだってナメナメしたくせに」

多田はシッと唇に人差し指を当て、慌ててあたりを見まわした。

「ホテルに行かないなら、援交したってママに言うから。それに、これから、ほんとに誰かと援交するから。あたし、パパの愛情に飢《う》えてるんだ。最近の若い男は頼りないし、彼氏つくったってしょうがないし、オジサンを探すから」

美乃里は一歩も引かなかった。

5

「ねえ、背中洗って。わっ、くすぐったい。今度はオッパイ」

クルリと正面を向かれ、ふくらんだ椀形の乳房を見せつけられた多田はクラクラした。

俺はいったい何をしているのだと、平静ではいられない。

「ちゃんと洗ってよォ。今度はパパ、洗ってあげようか」

「いい……」

「遠慮しなくていいって」

スポンジを取り上げた美乃里は、多田の胸を擦《こす》った。そうしながら、片手で股間のものを握った。多田は、うっ、と声を上げた。

「どうしておっきくなるわけ？」

美乃里は反《そ》り返った肉茎をつかんでスライドさせたあと、クッと笑いながら玉袋を揉《も》みしだいた。

「やめろ」

多田は美乃里の手を退《ど》けた。娘でないなら続けてもらいたいが、まだ最後の理性が働いている。だが、肉茎は正直に反応してしまう。

「気持ちいいくせに」

美乃里はまた股間に手を伸ばした。

「やめろ。おまえの好きなコーヒーを飲んだら帰るぞ」

美乃里はふくれっ面《つら》をして浴室を出ていった。

この悪夢から覚めることができたらと思っているつもりが、美乃里とこれっきり会えなくなったらどうしようと不安になった。

多田が浴室を出ると、ベッドに横になっていた美乃里は、くふっと笑って脚をひらいた。そして、肉のマンジュウを人差し指と中指で大きくくつろげた。パールピンクの女の器官が破廉恥《はれんち》に晒《さら》されて、多田の股間を直撃した。

「やめろ。服を着ろ。帰るぞ。これは少ししかないが、急だったから用意できなかったんだ」

強力なピンクの磁場に吸いつけられそうになるが、辛《かろ》うじて目を離し、嫌われていないことに安堵《あんど》しながら、多田は現金の入った封筒をベッドに置いた。

「いくら？」

「きょうは二十万だけだ。すまん。大学に行きたいなら、何とかしてやりたいと思ってる。だけど、そのためには、合格するように勉強することだ。こんなとこで無駄な時間を費《つい》やしてたんじゃ、落ちるぞ」

「学費、出してくれるわけ？」

Vにくつろげられている美乃里の指が女園から離れ、多田はホッとすると同時に残念な気がした。

「何とかしたい」

「奥さんにないしょで？」

「ああ……だけど、俺は金持ちじゃないんだ。おまえも少しアルバイトしながら通ってくれると助かる。女房にないしょで金の工面をするのは難しいが、何とかしないとな」

全額となると、間違いなく家庭崩壊だ。

「ありがとう、パパ。美乃里、大感激。だけど、せっかくだから、アレ、して」

「うん？」

「ナメナメ」

「バカ言うな……服を着ろ」

娘の言葉にオスとして反応してしまうのが情けなかった。

「してくれないなら、ここを出てから援交するから。友達なんか、援交で変な病気うつされて大変だったんだ。子供ができて堕《お》ろした友達も何人かいるし、私もそうなったらどうする？」

「おまえがそんなことをするはずがない」

一昨日《おととい》、金を請求するどころか、いくらだと訊いた多田に、完全に援助交際を否定した美乃里だ。

「私がバージンじゃないのはわかってるでしょ？　いちど気持ちいいこと覚えると、モヤモヤしてくるんだ。オジサン達に声かけると、ご飯食べられるし、ホテル代はいらないし、欲求不満も解消できるもんね。こないだみたいに、お金はとらないけどさ」

そういうことをしている美乃里を想像すると、多田は怒りと切なさでたまらなくなった。

「パパが気持ちいいことしてくれるなら、他の人とはしないって約束するから」

「そんなこと……できるか」

口先ではそう言いながら、多田は美乃里の肉体に魅了されていた。

「とっくにしたくせに。私のオクチでイッたくせに」

躰を起こした美乃里が多田の手をつかみ、ベッドに引っ張り込んだ。うつぶせに倒れ込んだ多田の股間に手を押し込んだ美乃里は、硬くなっている肉茎を握った。

「ほら、やっぱり、こんなになってるじゃん」

「やめろ」

美乃里の手を退けようと躰を横にしたとき、剛棒はやわやわとした唇に捕らえられていた。

スッポンのように肉茎に食らいついた美乃里は、そこから離れず、少しずつ回転しながら、仰向けになった多田の胸に躰を乗せた。

今、多田の顔の上には美乃里の器官があった。多田のものを咥えたまま、美乃里はクンニリングスをしてもらう体勢をつくっている。多田が若いメスの匂いに窒息しそうになっ

ている と、美乃里は腰を振って催促した。

(娘にクンニなんかできるか……だけど、たまらん匂いだ……他の男と変なことになるよりいいか……いや……だめだ)

多田は必死に理性と闘った。だが、美乃里が言うように、すでに互いの口で慰《なぐさ》め合っているだけに、オスを誘惑する匂いを鼻の前で撒《ま》き散らされると、娘ではなく、女としか思えなくなってきた。

荒い息を鼻からこぼしながら、多田は美乃里の器官を舐め上げた。あとは夢中になってヌルヌルした女園を舐めまわした。美乃里の舌や唇も、多田のものを舐めまわしている。

「ああ……いい……そこ……そこがいい……もうすぐ……くっ！」

絶頂を迎えた美乃里の総身が激しい痙攣《けいれん》を繰り返した。

6

美乃里は封筒をテーブルに放った。

「会いたいって言ったら、これだけくれた」

「誰が？」

牧子はすぐに封筒に手を伸ばした。

「一昨日のオジサン」

「どの男かと思ったら、多田ちゃんか。軽いんじゃない？　次はまとまったお金を用意してくれるのかしら。まあ、呼び出しただけで、翌々日にこれだけ黙ってくれたんなら、もう少し出しそうね」

牧子は一万円札を数えながら唇をゆるめた。

「しかし、男ってバカだね」

数え終わった牧子がプッと吹き出した。

「我が子がどこかで育ってたってことを、すぐに信じてくれるんだから」

「バカばかりとは限らないし、頭が冷えたら、逆襲してくるかもよ。最初はみんなびっくりするけど、最後まで騙せなかった男のほうが多いんだし」

美乃里は浮かぬ顔をした。

「それでも金蔓《かねづる》になることがあるんだから、まともな男を見つけたら、ひとりでもたくさん唾《つば》つけとかなくちゃだめよ。後々のために、名刺は絶対もらっとかなくちゃ。女を騙してる男が多いんだから、男を騙す女もいないと、世の中、平等じゃないわ。美乃里の父親だって、ろくに働かないで私の稼ぎを当てにしてたんだから、まったく男ってどうしようもないんだから。その次の男だって」

牧子は美乃里相手に、いつもの愚痴《ぐち》をこぼしはじめた。

「あのオジサンといっしょになってたら、ちゃんと働いてくれたと思うよ」

「あのオジサンって多田ちゃんのこと？　冗談じゃないわよ。あんな男と暮らしたら、一週間で退屈するわ」

「一年ぐらいつき合ったって言ったじゃない」

「他にも同時に何人かの男とつき合ってたから、何とか持ったの。そうだ、また海外旅行にでも行こうか。だいぶ貯《た》まったし」

牧子は男から巻き上げた簞笥《たんす》預金を出してくると、満面の笑みを浮かべて数えはじめた。

美乃里は物心ついたときから牧子に言われるまま、見知らぬ男達の娘を演じ、養育費や慰謝料をだいぶせしめてきた。いつもうまくいったわけではないが、牧子はそれを副業と言ってはばからない。

牧子はメモ魔で、手帳には男達と会った日にちやホテル名が書き込んである。ほとんどの年月を水商売をしてきたので、名刺ももらいやすかった。名刺の裏には、男と会った日や印象や癖《くせ》などが書き込んである。

多田の名刺がひょっこり出てきたのは、暮れの大掃除のときだった。忘れかけていた記憶が甦《よみがえ》り、牧子はさっそく新しいカモにしようと、身辺調査を頼んだ。

多田が東京の本社にいるのはラッキーだった。県外ぐらいならいいが、海外にいる男には手を出しにくい。

「旅行、行きたくないの？」

「旅行もいいけど、ママと私で小さなお店でも持って、堂々と男を騙したほうが儲《もう》かると思ってるんだ」

「飲み代ぐらいじゃ、一度に五十万や百万は稼げないわ」

「そうかな？　ひとりから一万円取ったとして、二、三日で簡単に五十万ぐらいになると思うけど。ツマミなんか適当でいいし、後は私達の騙し方しだいだし」

「この不景気なときに、計算どおりにはいかないって。男達は安い居酒屋で千円二千円しか使わなくなってる時代なんだから」

「でも、私、お店のママになりたい。小さいときから、男を騙す方法はママに教えてもらってるし。頭金くらいあるでしょう？」

「経営者ってのは苦労するの。適当に雇われてるほうが、イザというときの責任はないし、気楽でいいって」

「でも、お店を持とうよ。十代と言って騙すのは限界だからね。いくら私が小柄だからって、せいぜい二十歳ぐらいまでにして」

牧子が多田とつき合っていたとき、離婚はしていたが、美乃里はとうに生まれていた。だが、牧子は両親と住んでいるからと言って、男達を決してマンションには入れなかった。当時、まだ健在だった牧子の母が、留守中は美乃里の面倒を見ていた。そういうわけで、ほとんどの男は牧子が独身だと信じていた。

「よくあのオジサン、十七歳って信じてくれたよ」

「男ってバカだから。でも、それが可愛いんだけど」

「バカだ、可愛いと言いながら、結局、ママって、ろくな男には当たらないんだから。そして文句言って、私に愚痴るんだから。それに、ママとエッチした男も、もうあんまりいないでしょ？　昔の男の数にも限界ってものがあるんだし」

「私は四十三よ。まだ三十代にしか見られないんだし、これからつき合う男には、子供ができたらしいって言えば、いくらか取れるわ」

「産めって言われたらどうするの？」

「お黙り。これがほしくないの？」

牧子は札束を美乃里の頬《ほお》に擦りつけた。

7

「今日はホテルには行かないぞ」

行けば誘惑に負ける。多田はきっぱりと美乃里に言った。

「凄《すご》く大事な話があるから、ふたりになりたいんだ」

「話なら、ここでもいいだろう？」

美乃里の裸身を見たくてたまらないが、父娘となればそうはいかない。わざと素っ気なく返した。

「そんなこと言うなら、奥さんに電話掛けちゃうよ。ええと、名前は悠子《ゆうこ》で」

美乃里は手帳を開いて、多田の自宅の番号を口にした。

「どうして……」

「そんなのすぐにわかるよ。自宅の住所だってわかってるんだから、言うこと聞いたほうがいいんじゃない？」

多田はやむなくホテルに入った。だが、困惑と同時に、心の浮き立っている自分がいるのにも気づいていた。それに水を差す父親としての自分もいて、複雑な感情が行き来していた。

「服、脱がせて」

「ダメだ。話を聞いたら出るからな」

「話は後でする」

「ダメだ」

「じゃあ、ふたりでホテルにいるって、今から奥さんに電話するから。娘だって言うから」

美乃里はコートのポケットから出した携帯を突き出して見せると、トイレに逃げ込んだ。

「えーと、三×九六のォ四五……」

中から声がした。

「おい、やめろ！　わかった。電話はするな」

多田は焦った。

勝利者の顔をして出てきた美乃里を捕まえた多田は、コートを尻まで捲《まく》り上げ、これまでにない厳しい顔をして尻をひっぱたいた。

「ヒッ！」

「俺がどんなにおまえのことを考えてるのか、わからないのか！　何とか金の工面もしないといけない。女房や子供に知られると困る。あれから、どうしたらいいかと、一生懸命考えてるんだぞ！　それをおまえときたら、父親を脅迫するつもりか！」

ほっぺたでもひっぱたいてやりたかったが、女の顔を殴るのは最低だと、ベッドに押さえつけて尻をひっぱたいた。ミニスカートの裾から、ストッキング越しにハイレグショーツが見えた。

怒りは徐々に収まっていき、またしても多田は妖しく昂《たか》ぶってきた。これ以上欲情してはいけない。打擲《ちょうちゃく》の手を止めた。

「謝《あやま》るなら許してやる」

「お尻をぶたれると、変な気持ちになるみたい。もしかして、濡れちゃってるかも。私、ヘンタイかな」

振り向いた美乃里は、まったくこたえていないというように、くふっと笑った。

「お風呂、入れてくるね」

立ち上がった美乃里は、多田の目の前でコートを脱ぎ捨てた。そのとき、四角いものが落ちた。美乃里はそれに気づかず、浴室に消えた。

拾ってみると運転免許証だ。美乃里の写真と生年月日を見た多田は、唖然とした。

戻ってきた美乃里は、多田の手にある免許証を慌てて奪い取った。

「十七歳で免許証があるはずないよな？　二十一じゃないか。しかも来月には二十二だ」

「バレちゃったか」

さして罪悪感もないようで、美乃里はチロッと舌を出して笑った。

「俺の子じゃないのか……」

「そう。お金に困ってたママが、オジサンを騙そうって言うもんだから、オジサンのことがわかってて、声かけたんだ」

「コンビニで母親と出くわしたのは……？」

「打ち合わせどおり。ごめんね」

また美乃里が舌を出した。

いま思い返しても偶然としか思えない。それほど牧子と美乃里は息が合っていた。

「俺がおまえのママとつき合ってたとき、おまえはとうに生まれてたってわけか……」

怒っていいのか笑っていいのか、とっさに判断がつかなかった。多田の全身から力が抜けていった。ベッドに仰向けになり、大の字になって天井を見つめた。

美乃里が娘ではないとわかって助かったという気持ちはあるが、気抜けした。息子しかいないだけに、男親からすると、娘がいるというだけで甘やかな感じがした。その娘のために、妻子を騙し続けて何とかしたいと思っていたのだ。

多田の複雑な心境などどこ吹く風というように、美乃里は多田のベルトを外し、ズボンをずり下げた。

「あらあ、縮んじゃってる」

肉茎を握られ、咥えられ、口の中でこねくりまわされるまで、時間はかからなかった。

「やめろ！」

いちおう拒絶の言葉を吐いたが、本気で避けようという気はない。

初対面の日に父親と言われ、信じた後で、今また急に父親ではないと言われて混乱しているが、免許証を見て娘ではないという確信が得られ、しかも、未成年者ではないということになると、これまで抑え込んでいたオスの獣欲が解き放たれていく。それでも、実の娘が急に他人になったからといって、すぐに気持ちを切り替えられるはずがない。

「くふっ。元気になったみたい」

顔を上げた美乃里は服を脱ぎ捨て、多田の鼻頭をペロリと舐めた。

「怒って嫌いになったりしないでね。なんだかオジサンといると、すっごくホッとするんだ。お尻ペンペンも好きになりそう。こんなこと初めて。どうしてかな。だから、私、オジサンの愛人になることにしたから」

愛人という意外な言葉に、多田の全身から汗が噴《ふ》き出した。

多田を跨《また》いで剛棒を握った美乃里は、それを秘口に当て、一気に体重をかけた。

「ああっ……いいっ」

じっと仰向けになっていただけで合体された多田は、自分のものを呑み込んでいく締りのいい肉ヒダの感触に、髪の毛の先まで疼くような気がした。

「パパの愛人になったってこと、ママにはないしょよ」

美乃里は勝手に愛人になったつもりでいる。牧子の手前、後ろめたさはあるが、ほんのひとときでも娘と信じた女だ。愛しくてならない。しかし、これは本当に現実だろうか。

今度は、夢なら覚めるな、と思った。

「私の髪の毛をこっそり鑑定に出されていたとでも言えば、ママもこれ以上騙せないと諦めるわ。みんながみんな成功してるわけじゃないから、諦めも早いの。面倒なことになると困るし」

「みんなって……他の男も騙したのか」

「数え切れないほど。私はママが嫌いじゃないけど、尻軽女なんだ。すぐに相手が変わるし、私も呆れてるの。平気で二股かけちゃうしね。二股はまだいいほうよ」

牧子の躰は素晴らしかった。次々と男ができてもおかしくない。しかし、独身と信じていた牧子に、あのとき、すでに美乃里という子供がいたと思うと、騙されたことが口惜《くや》しい。だが、牧子に一度ならず、二度も騙されたおかげで、ここに美乃里といることができるのだ。

「オジサンのナメナメは最高に気に入ってるんだ。他の人と微妙にちがうし、むりやりセックスしなかったし、やさしいしね。ここまで来て、強引にエッチしなかったのはオジサンだけ。だから凄く気に入ったんだ。でも、これからはいっぱいしようね。ほら、オチンチンもぴったり」

美乃里が腰をくねらせた。我慢できずに多田は下から突き上げた。

顎を突き出した美乃里の乳房がポワポワと揺れた。そのふくらみを両手でつかんだ多田は、腰を揺すり上げた。

セックスを楽しむために父娘の関係を解消しようと、故意に美乃里が免許証を落としたことに気づくはずもなく、多田は若々しく締まりのいい肉ヒダの感触に痺《しび》れた。愛人ができた喜びを実感した。

美乃里は、多田の口戯や指遣いだけでなく、柔肉にスッポリとはまった剛棒の具合のよさに、これほど自分と相性のいい相手はいないとあらためて確信し、逃がさないようにしなければと思った。だが、金持ちではなさそうなので、店を出してもらう男は別にゲットしなければならない。牧子に店を出す気がないのがわかって落胆した美乃里は、自分で店を出そうと決意して親離れ宣言し、闘志を燃やしていた。

「ああ、気持ちいいっ……」

「もう他の男とはするなよ。なっ?」

「うん、約束する。もっと……そこ」

甘い声を出す美乃里を、多田は渾身の力を込めて突き上げた。

ツキ

1

今年の夏は異常に暑い。

三十度どころか、三十五度前後の日が続いては、いくら大学時代にスポーツで鍛えていた躰《からだ》とはいえ、三十路《みそじ》に近づいてきたこともあり、こたえる。自分を含めて、炎天下に律儀《りちぎ》にネクタイを締《し》めて通勤している男達を眺《なが》めると、さすがに、何かおかしいのではないかと思ってしまう。

夏休み真っ最中のギャル達は、今にもショーツの見えそうな超ミニスカートに、肩は丸出し、乳房がこぼれそうなほど襟《えり》ぐりの広いキャミソールに素足といった出《い》で立ちだ。絶対に蒸《む》れそうにないサンダルを履《は》き、全体的に、おしるし程度に布切れをまとっている。

ピチピチしたギャル達の肌が眩《まぶ》しい。そんな若い女のエキスでももらえば、猛暑の夏も無事に乗り切れるのではないかと思うが、たとえ声をかけてデイトにこぎつけたとしても、シャネルやクリスチャン・ディオールのバッグが欲しいなどとねだられては身も蓋《ふた》もない。最近のギャル達には、遠慮とか恥じらいといったものがない。

遊ぶには陽気なだけの女もいいかもしれないが、結婚相手は少し落ち着いていたほうがいい。それに、単に性欲処理なら、安全な風俗店で遊ぶほうが客としてサービスされるし、後腐れもなく、面倒もない。だが、そんな自分を心平《しんぺい》は、二十代というのに、精神はオジサンじゃないかと反省することもある。

森下《もりした》心平、二十九歳。情報処理関連会社に勤めている彼は、今は特定の恋人もおらず、アフターファイブのつき合いは、せいぜい男達と居酒屋で安酒を飲むか、会社の複数の女達とカラオケに行ったりするぐらいだ。

結婚を考えた侑子《ゆうこ》という女がいたが、一年半つき合ったものの、あっさりと財産家の息子に鞍替《くら》えされてしまい、春に結婚してしまった。

それまで、ストーカー行為は卑劣だと思っていたが、金に目が眩《くら》んだとしか思えない侑子の変貌に、心平は死ぬまでしつこくつきまとってやろうかと思った。

だが、姓名判断好きの会社の女に、侑子が結婚したらどうなるか見てもらったところ、新しい姓になると総画からして大凶で、次々と災難が起こり、家庭不和になり、離婚の危機に陥《おちい》ると出て、ザマアミロと思った。

不思議とそれで落ち着いて、あんな女、と思えるようになった。単純なものだが、自分を捨てた女に不幸な将来が約束されていると思うと、それだけでいびつな執着心も消えた。

侑子と愛を語り合い、肌を暖め合った部屋との決別も、執着心がなくなってから決意した。これからできるだろう新しい恋人を、侑子を抱いた部屋で抱く気はしない。

今まではワンルームマンションだったが、今度はリビングダイニングに六畳の和室がついている。和室には新しく買ったセミダブルのベッドを置いた。男ひとりの暮らしには充分な広さだ。

前の住人が出てすぐに入ったので、畳や襖《ふすま》を換えてもらう時間はなかったが、女のひとり暮らしだったということで、信じられないほどきれいだ。

最寄り駅まで近くて気に入ったこと、前のマンションがちょうど契約更新の時期だったことなどもあり、余計な更新料を払うのももったいないと、掃除だけしてくれればいいと不動産屋に言い、さっさと入った。

会社を出てしばらくは、クーラーで冷えた躰から汗は出なかったが、五分もするとねっとりと噴《ふ》き出してきた。日が沈んでもビル街の新宿は蒸し風呂のようだ。

和室を洋間らしくしたいので、押入の襖を外《はず》してブルーのロールスクリーンを取りつけることにしている。東急《とうきゅう》ハンズでそのための小物などを一式買い、外食をして家路に着いた。

荻窪《おぎくぼ》駅で電車を降り、南口の改札を出たとき、背後で、あっ、という声がした。女が心平の背中を押し、倒れかかってきた。

慌《あわ》てて躰を回転させた心平は、女を受け止めた。

「大丈夫……？」

白いワンピースを着た若い女は、肌出しルックのギャルとは大ちがいの上品な服装だ。

「ちょっと貧血みたいで……」

か細い声で言われ、いかにも貧血の似合《にあ》う女じゃないかと心平は思った。

「すみません……少し休ませていただけませんか……横になりたいんです」

喘《あえ》ぐように言う若い女に、心平の心臓がドクッと鳴った。

「横になりたいって言っても……ここにはベンチもないし……僕の部屋は近いんだけど……」

若い女が見知らぬ男の部屋に来るはずがないと思ったものの、横になる場所がないからには、そう言ってみるしかなかった。

「すみません……お願いします」

「僕の部屋でいいの……？」

貧血でボッとなっているのはわかるが、一応聞き返してみないと不安だ。

「ええ……図々しいでしょうけど」

女が納得しているとわかり、心平は十代の若者のように、ラッキー、とVサインをして叫びたかった。

「歩ける？　タクシーなら一分だけど、反対側の改札の方でないとつかまえにくいんだ」

「歩きます……」

女を支えながら、何とか部屋に着いた。

ベッドに寝かせたいが、女が上品なだけに、もし変に勘《かん》ちがいされたらまずいと気を遣い、リビングの安物のソファに寝かせた。

夏なので素足だが、薄いストッキングを穿《は》いているのではないかと思えるほどすべすべした脚《あし》だ。ノースリーブのワンピースから出ている腕にも、一本の産毛《うぶげ》さえない。大事に育てられ、お手伝いに躰まで洗ってもらっているのではないかと錯覚しそうなほどだ。涼《すず》しげな眉《まゆ》も、閉じた瞼《まぶた》も、透明に近い紅を塗《ぬ》った唇も、すべてが気品に満ちている。

(俺はついてる。この部屋はラッキーな部屋かもしれないぞ。ばかな女と虚《むな》しい愛を語り合ったツキのない部屋を、さっさと明け渡してよかった。あそこにいたら、この女と知り合うことはできなかったんだ)

心平は女を大事に扱って、次のデイトに繋《つな》げねばと、すでに次のことを考えていた。股間《こかん》が疼《うず》いている。女は横になっているのだ。控えめな女に似合いのバストが、それでもワンピースの胸を押している。その乳房をつかみ、抱きしめることができるなら……。唇を奪うことができるなら……。

オスとしての欲情がむらむらと湧《わ》き上がってくるが、心平は堪《こら》えた。そして、純朴な男と思わせなければと、傍《かたわ》らでじっと女を見守った。

「冷やしたタオルでも持ってこようか？」

「締めつけているものをゆるめないと……苦しくて……スカートのベルト、外してもらえますか」

目を閉じたまま言った女に、心平はそっと生唾《なまつば》を呑《の》み込んだ。布地と同じものでできたベルトを外すとき、指先が震《ふる》えそうになった。

「すみません……ブラジャーのホックも……それがいちばん苦しくて……」

気怠《けだる》そうにうつぶした女に、心平の股間のものがヒクヒクと反応してトランクスとズボンを押した。

ワンピースの背中にファスナーがついている。黙って下ろすのもまずいようで、下ろすよ、と口にした。

「すみません……」

お願いしますということだ。心平は苦しいほど荒い息をこぼしながらファスナーを下ろし、左右にひらいた。真っ白いノーストラップのブラジャーを目にしたとき、鼻血が出そうになった。指先が震えてなかなかホックが外せず、焦《あせ》った。焦れば焦るほど思うようにいかない。

やっとホックが外れた。背中もすべすべだ。これまでつき合った女とは別格だ。

「だいぶ楽になったわ……すみません……ご親切にしていただいて」

こんな親切なら、金を出してでもやりたい。

「ブラジャー……このままでいい……？」

「取っていただけますか……」

言葉に甘えて引っ張ると、白は白でも、細《こま》かな総刺繍《ししゅう》の施《ほどこ》されたブラジャーとわかった。下着まで高級だ。女がうつぶせになっているのをいいことに、心平は乳房が収まっていた部分を鼻にくっつけ、息を吸った。

甘やかな肌の匂《にお》いとあたたかな肌の感触が伝わってきた。心平は完全に勃起した。

「買い物とか用事がおありでしたら、遠慮なく外に出てくださいね。いつものことですから、二、三十分じっとしていたら治ると思いますし、ご心配なく」

女は安心しきっている。男の変化を悟られれば、次のデイトなど一瞬にして消え去ると、心平は慌てた。

「食事も済ませてきたし、外に出る用もないし、ここにいるから心配しないでいいよ」

心平はあくまでも清く正しい男を装《よそお》いながら、女の名前を尋《たず》ねた。

「咲絵《さきえ》です」

絵が咲くとは何と上品な名前だと、心平はまたも感心した。

側《そば》にいられると気になるからと遠慮がちに言った咲絵に、嫌われるといけないと、心平は渋々《しぶしぶ》、咲絵から離れることにした。

「音はたてないようにするつもりだから、ちょっと日曜大工をさせてもらうよ」

気を紛《まぎ》らわせるために和室に入った心平は、押入の襖を二枚とも外した。

下の段には、ギリギリの高さの五段の整理箪笥《だんす》を入れて、シャツや下着を収めている。上の段は書棚にしていた。読書家なので頻繁《ひんぱん》に古本屋通いもし、蔵書は多い。面白《おもしろ》そうなものは何でも読む。哲学からポルノ本までさまざまだ。

引っ越しのとき、半分ほど処分しようかと思ったが、ほとんど捨てられなかった。文庫本は軽く千冊以上あるだろう。新書にハードカバー、色々とあるので、何冊あるかわからない。押入に収めれば、部屋は広く使える。

奥には、今後あまり読まないかもしれない本を十冊から二十冊ずつ束《たば》ねて置き、手前に、ときどき取り出すかもしれない本が置いてある。上までぎっしりだ。

心平は襖の入っていた上部の摺桟《すりざん》に、ロールスクリーンの巻き上げの部分を取りつけ、サイズ通りにぴったり収まる洒落《しゃれ》た色のカーテンを取りつけた。

フッと背後を見ると、ソファの上にうつぶせになっていたはずの咲絵が仰向《あおむ》けになり、顔を横にして心平を見つめていた。

2

「あう……いや」

心平が白い太腿《ふともも》をひらいて、秘密の部分に見入ると、咲絵は恥じらいに膝《ひざ》を閉じようとした。薄い翳《かげ》りも色素の薄いピンク色の器官も、咲絵のものは想像どおりに上品だ。

昨日、咲絵は帰り際、携帯の番号を心平にメモして渡した。そのとき、有名女子大の名前を口にし、そこの二年生だと言った。父親は某国立大教授だが、父親の勤める大学には行きたくないので、何とか親を説得して女子大のほうにしたのだとも言った。家の躾《しつけ》は厳しく、自宅に男からの電話が掛かってくるとまずいと、申し訳なさそうに言った。

やはり、そういう家の女だったかと、心平は嬉《うれ》しい一方で、自分には高嶺《たかね》の花ではないかとも思った。しかし、自分から携帯の番号を教えてくれたのだ。天にも昇る心地がした。

一時間ほどして無事に着いたか電話すると、明日も行っていいかと言われ、むろん、二つ返事でOKした。

咲絵は部屋に入ると、アイスクリームを食べたいと言った。買ってきてと言われたが、近くに美味《おい》しいパフェ類を食べさせてくれるところがあるので、あとでそこに行こうと言い、アイスコーヒーを出してやった。

コーヒーを飲み終えた咲絵は、今度は、少しお腹《なか》が空《す》いたから、お弁当屋ででも何か買ってきて、と言った。

田園調布《でんえんちょうふ》か自由《じゆう》が丘《おか》か、ともかく大きな屋敷に住んでいるにちがいないお嬢様に、そんな安いものを食べさせられるかと、心平は寿司屋に出前を頼み、奮発して特上にぎりを注文した。

今どきの図々しいギャルは、人の懐《ふところ》など気にせずに我儘《わがまま》を言うものだが、咲絵は裕福な家で育ったお嬢様にしては控えめで、これなら贅沢《ぜいたく》しない主婦になるかもしれないと、早くも咲絵に未来の妻を夢見た。

お腹が空いたと言っていながら、咲絵はお嬢様らしく、全部は食べないうちに満腹だと言った。ときどき、痩《や》せていながら大食いの女がいるが、食費もたいしてかからないようだ。

「心平さんって、凄《すご》くやさしいのね。それなのに、どうして恋人がいないのかしら。本当にいないの？　もしそれが本当なら、きっと、女性を選ぶ目が厳しいのね。当然だわ。心平さんなら、いろんな人にモテるんでしょうし、その中のひとりを選ぶのは大変でしょうし」

だいぶ買いかぶられたものだと思ったが、心平は夢心地だった。

「亡くなった母が、僕が言うのも何だけど、すごくやさしかったから、そういう人を待ってるのかな……」

「そう、やさしいお母様だったのね……見ず知らずの私なんかをすぐに部屋に入れて看病してくれたのも、お母様の影響でしょうね……ありがとう」

咲絵は、そこで恥じらうようにうつむいた。この羞恥《しゅうち》が今の女にはない。心平は頭から食べてしまいたくなった。

「最後まで紳士だったし、私、心平さんのことを尊敬してるわ。こんな人と巡り会えるなんて、昨日の貧血に感謝してるの……」

その言葉とまなざしに惹《ひ》きつけられて、心平は咲絵を抱き寄せていた。咲絵は拒《こば》まなかった。

ベッドに誘い、恥じらう咲絵を好ましく思いながら、服を脱がせていった。

桜の花びら色をした乳首の愛らしさに、思わず口に含むと、咲絵は、小鼻をふくらませながら、あはっ、と愛らしく喘《あえ》いだ。

後は夢中で、シルクのような肌を舐《な》めまわしていった。あくまでも咲絵は控えめで、こんな女が今どきいたのが信じられない。

太腿のあわいを隠そうとする咲絵だが、心平の躰が邪魔になって脚を閉じることはできない。

「いや……ね……見ないで……恥ずかしいから見ないで」

恥ずかしいから見ないでなどと可愛《かわい》い声で言われると、よけいに見たくなる。目だけで咲絵を犯す快感に、心平の股間のものは腹に着きそうなほどビンビンと反応した。

太腿を割りひらいて器官を執拗《しつよう》に視姦していると、透明な蜜液が溢《あふ》れてきた。じわりじわりと量を増し、会陰《えいん》をしたたりはじめ、硬くすぼんだ後ろのすぼまりにまで届きそうだ。

ヒクッヒクッと羞恥に恥じらうように収縮するアヌスが何とも愛らしく、ノーマルな心平でさえ、後ろまで犯してみたくなった。

「恥ずかしいとジュースが出てくるんだな……」

感心した心平は何気なく言ったつもりだったが、咲絵はイヤイヤと総身で恥ずかしがった。そして、

「バージンじゃないから軽蔑《けいべつ》してるんでしょう……？」

これまでの女からは決して聞かれなかった言葉を口にした。

「私、破廉恥《はれんち》な女だわ……パパとママには秘密なの。知られたらきっと、出て行けって言われるわ。こんなことを知られたら、私、帰るところがなくなるわ……心平さんはふたりめなの……男を知ってる女は嫌い……？」

まだひとつにはなっていない。だが、今の言葉から、咲絵は深い関係になることを承知している。そうでなければ、思慮深そうな咲絵だけに、服を脱がせる前に断っていただろう。最後まで許すと言われているのだと再確認でき、心平の心ははやった。

口で肉茎を愛撫されたいとも思ったが、今は咲絵の気持ちが変わらないうちに、一時《いっとき》も早く結ばれることだ。

視姦していた器官に顔を埋《うず》め、会陰から肉のマメに向かって一気に舌を這《は》わせていった。

「あぁっ」

あくまでも上品な喘ぎを洩《も》らしながら、咲絵の総身が細《こま》かく震えた。

舌先にほのかに塩辛い蜜の味を味わった心平は、とことん舐めまわしたい衝動を堪え、充分に潤《うるお》っているのだからと、反《そ》り返った肉茎の先をピンクの秘口に押し当てた。それから、息苦しいほど興奮しながら、一気に腰を沈めていった。

「はああ……」

咲絵が卵形の顎《あご》を突き出し気味にして、眉間《みけん》に悦楽の皺《しわ》を刻んだ。二十歳《はたち》のみずみずしさと、将来の上流婦人を想像させる表情がミックスしたような、極上の顔を見下ろしながら、心平は夢ではないかと思った。

根元まで剛直が沈んでも、心平はもっと深く繋《つな》がりたいと、腰を揺すりあげた。

「あは……くうっ」

肉ヒダが剛棒を締め上げてくる。心平は息を止めた。あまり使っていないだけ、締まりがいいのかもしれない。これほど締まる女壺もはじめてだ。

(最高の女だ!)

心平は虜《とりこ》になった。

バージンではないとわかっていても、痛がるといけないと、そっと腰を浮かしては沈めた。だが、何度も繰り返していると我慢できなくなった。一気に昇りつめて精液を噴きこぼしたい衝動が強くなる一方だ。

「いっていいか……もちそうにないんだ」

咲絵は何もこたえない。

いくとか、もちそうにないとかいう言葉の意味が、男をひとりしか知らないお嬢様には通じないのかもしれない。それでも心平は、

「いくぞ」

そう言って、ラストスパートの抽送に入った。

「あう！　あはっ！　んんっ！」

咲絵が激しく揺れている。

心平は汗を流しながら、咲絵に腰を打ちつけた。そして、さほど時間が経《た》たないうちに絶頂を迎えて硬直した。

それから、もう一回交わりたいと、回復を待ちながら、執拗に咲絵の秘園を舐めまわした。

3

前から歩いてきた女と、心平は新宿の雑踏でぶつかった。

短い声をあげた女は、ハイヒールを履いていたせいか、バランスを崩して倒れた。顔を顰《しか》めた女を、心平は慌てて起こした。

「大丈夫ですか……」

「どっちを向いて歩いてるのよ……くじいちゃったみたいじゃない。どうしてくれるのよ」

女はまともに歩けなくなったと文句を言った。

三十歳くらいだろうか。やや栗色がかったショートヘアも決まっているが、タイトスカートから伸びているすらりとした脚も、胸のブラウスを押している豊かすぎる胸も男心をくすぐる。社長秘書かやり手の経営者かと思わせる雰囲気がある。

だが、どっちを向いて歩いているのよと言われたものの、女が急に方向を変えてぶつかってきたような気がした。だが、相手が顔を歪《ゆが》めている以上、立ち去るわけにもいかない。

「大丈夫ですか……」

「だから、大丈夫じゃないと言ってるじゃない」

「病院に行きますか」

「ヤブ医者にかかると、かえって酷《ひど》くなることがあるのよ。冗談じゃないわ。冷やしてちようだい」

「すぐに湿布でも買ってきますから」

「ここで待ってろと言うの？　逃げるつもりね。逃がさないわよ」

心平は困惑した。

「じゃあ、すぐそこに薬屋があるでしょう？　そこまでいっしょに行きましょう」

「行ってどうするの？　こんな人通りの多いところで湿布なんか貼れると思う？　冗談じゃないわよ、みっともない。まずはあなたの家にでも連れていって」

多額の慰謝料でも取られるのだろうか……。心平はいくら取られることになるだろうと不安になった。百万も二百万も吹っかけられることはないだろうが、怖いお兄さんがついていたらわからない。

「その足じゃ、電車は無理でしょうし、うちはタクシーでないと行けませんから、近くのホテルを取りましょうか……ちゃんとしたシティホテルを……」

「ホテル？　知らない男といっしょに入るの？　冗談じゃないわよ。お家に連れていって。奥さんでもいるの？」

「いえ、まだシングルですから……」

「じゃあ、いいじゃない」

普通、男の部屋に行くより、シティホテルのほうを選ぶのではないかと思ったが、女が部屋に行くと言うので、これからどうなるか不安だったが、いっしょにタクシーに乗った。

美沙子《みさこ》と名乗った女は、心平の名前を聞くと、

「へえ、森下心平？　心平君なんて可愛いじゃない」

美沙子は、ずいぶんと年下の男に対するように言った。

「狭い部屋ですよ……きれいなところに住み慣《な》れている人にはどうかと思いますけど……」

「逃げると思ったのに、親切なのね。見直したわ。最近は言い訳ばかり言って責任を取らない男が多いから」

機嫌が直ってきたらしい美沙子が、心平を誉《ほ》めはじめた。

部屋に入った美沙子は、開け放された和室とリビングを珍しそうに見まわした。

「狭いし汚くてすみません……」

「男の部屋にしちゃ片づいてるわ。押入の襖は取り外したのね」

「ベッドを置いたんで、少し洋風にしたほうがいいかと」

「趣味がいいのね」

少し足を引きずって和室に入った美沙子は、いきなりロールスクリーンを巻き上げた。

「ふうん、本を置いてるんだ。ずいぶんたくさんあるわね」

「つまらない本ばかりですから……」

マスターベーションに使う気に入りのポルノ本や写真集も置いているので、心平は慌ててロールスクリーンを元に戻した。

「本って重いから、下ろしたほうがいいわよ。下と入れ替えたら？　手伝ってあげましょうか。足もだいぶ痛みが取れてきたし」

美沙子の言葉の意外さに、心平は、思わず、えっ？　と尋ね返した。

「本は重いの。わかってるでしょう？」

「ええ、そのうち整理するつもりですけど……足、冷やしますか？」

「もちろんよ。冷やす奴、買ってきてくれる？」

「ここに湿布も塗り薬もありますから。スプレー式のは切らしてますけど」

「悪いけど、心平君が使った奴はいや。悪く思わないで」

「新品ですから。ときどき運動やるんで、用意してるんです」

心平はリビングから湿布薬を持ってきた。

「そんなもの貼ったら、みっともなくて帰れなくなるじゃない。ハイヒールが履けなくなるし。それとも、今夜は泊めてくれるの？」

心平は驚いて美沙子を見つめた。

「こんなところでいいんですか……よければどうぞ……でも、帰らなくていいんですか……？」

「どうなの？」

「私、小さな会社を経営してるんだけど、シングル。朝まで時間は自由よ」

やはり経営者かと、心平は感心した。

咲絵は今日は来られないと言っていたので、美沙子を泊めても問題はない。咲絵をここに連れてきたとき、この部屋はラッキーな部屋かもしれないと思ったが、またも極上の女がやって来たことで、心平は急にツキがまわってきたと興奮した。

妻にするなら咲絵だが、一度、美沙子のような冷たいほど理知的な女と一戦交えたいと思っていた。泊まるからには、何とかそこまで持っていきたいと、心平はすでにベッドインのことばかり考えるようになった。

「お腹が空いてるんじゃない？　私はいいわ。食べてきていいのよ」

いない間に逃げられてしまっては元も子もないと、心平はひとりで外食する気にはならなかった。

「美沙子さんが食べないなら、僕はインスタントラーメンでもいいですから」

「そんなの、躰に悪いわよ。夏なんだし、うんと栄養を摂《と》らなくちゃ。インスタントラーメンが夕飯なんて、絶対にダメよ」

そんなことまで心配してくれるのかと、心平は嬉しかった。ひょっとして美沙子にも惚《ほ》れられたのではないかと、心が浮き立った。

「じゃあ、ちゃんと食べます」

駅に近いので、毎日のように郵便受けにいろいろな出前のチラシが入っている。心平はさっそく、チャーハンと豚肉のキャベツ炒めを注文した。

「あなた……そんな面倒なことをしないで食べに行けばいいのに」

美沙子が機嫌を損《そこ》ねたような口調で言った。

「夜になっても外はムシムシするし、持って来てもらうほうが楽ですから……」

どうして美沙子が機嫌を損ねたのかわからない心平は、きまり悪そうに言った。

それでも、出前が来ると、食べてみようかしらと、美沙子は機嫌を直して、横から箸《はし》を取った。

「庶民の味です。口に合わないでしょう?」

こんなことなら特上寿司にすればよかったと、心平は後悔した。

「一流の店でフランス料理なんかが似合いそうですね。いいワインなんか呑みながら、いつもおいしいものを食べてるんでしょう?」

「さあ、私、案外、庶民的なのが好きよ。高級料理も飽《あ》きてくるものなの」

美沙子は料理がなくなると、風呂に入りたいと言った。

「足、あったためるとまずいんじゃ……」

「お風呂に入らないで休めって言うの? そんな気持ち悪い生活できないわ。私は後でいいから先に入って。ゆっくり入ってきて。私、烏《からす》の行水《ぎょうずい》の人、好きじゃないの」

つまり、ゆっくり入ってこいということは、丁寧《ていねい》に洗ってこいということで、そのあとのベッドインを意味しているにちがいないと、心平は浴室に急いだ。

だが、服を脱ごうとして、下着の着替えを持ってこなかったことに気づいた。いかに興奮し、慌てているかということだ。

すぐに整理簞笥のある和室に戻ると、美沙子が押入のロールスクリーンを巻き上げ、いちばん右上の本に手を伸ばしていた。かなりハードなポルノ本が置いてあるあたりだ。

「あの……」

心平の声に美沙子がさっと振り返り、動揺した顔を見せた。

「勝手にごめんなさい……心平君がお風呂に入っている間、本でも読んでいようと思って……」

女豹《めひょう》の慌てようは、ポルノ本を手にしようとしたせいだと心平は思った。

「何をしてるのかと、びっくりしました……」

「これでも本は好きなのよ……待たされるのはいや。ね、いっしょにお風呂に入りましょうか」

美沙子に単刀直入に言われ、股間のものがグイッと鎌首をもたげた。

それから、脳味噌が沸騰《ふっとう》していたような状態だったので、何がどうなったか記憶は定かでないが、いっしょに風呂に入ると、美沙子は心平の肉茎まで洗いはじめた。

甘く熟したメロンのように大きな乳房、くびれた腰、妖しい視線……。豊満な女体を見ているだけで射精寸前になり、心平は風呂で挑もうとした。だが、せっかちと笑われ、何とか我慢してベッドに入った。

「心平君って、いっしょにいる時間が長くなるほど別れ難くなる不思議な男なのね」

そんなことを極上の女に言われるとは思わなかった。咲絵のこともあり、心平は、不可思議なパワーが自分だけに降ってきて、急に魅力的な男に変身したのかもしれないと思った。

鼻息荒く、美沙子の唇を塞《ふさ》いでキスをした。だが、美沙子はすぐに顔を離した。

「ボウヤにキスさせて。オクチでするの、好きよ。すぐにいっていいのよ」

おおっと、声をあげたいほど興奮した。

太腿の間に入った美沙子が、肉茎を握り、パックリと口に入れた。側面を唇でねっとりとしごきたてたり、亀頭だけを舌先で這いまわったり、舌先を鈴口《すずぐち》に押し込もうとした。右手は茎の根元をしっかりとつかんでいる。

「うっ!」

ふいに左手で玉袋までクニュクニュと揉みたてられ、心平は三拍子揃《そろ》った快感に声をあげた。

口戯《こうぎ》はますます微妙な変化を見せ、肉傘の部分をコリコリと歯で刺激され、裏筋を舌で押され、全体を真空状態の口に含まれて吸い上げられ、快感は半端ではない。ときどき風俗に通っているが、これほど強烈なフェラチオは初めてだ。

「い、いく……うっ!」

白濁液が飛び散った。

腰が抜けたような虚脱感に襲われた。

凄すぎる……。心平は外見と同じ美沙子の強烈な口戯に目も虚《うつ》ろだった。

「ふふ、可愛い。オクチだけでいっちゃうなんて。ザーメン、全部、飲んじゃったわ。疲れたでしょう？　ぐっすり眠るといいわ」

眠れたら最高だろう。だが、意地汚いというか、さほどもてなかった男の未練というか、今、眠ってしまったら、その間に美沙子が出て行ってしまって、これきりになるような気がした。

「まだ美沙子さんとしてないのに、眠るなんて……僕だけいっておしまいなんてそんなことは……」

「いいのよ。気にしないで」

そう言われたものの、そうはいかない。すぐには回復しないが、クンニリングスでもしていれば、必ず元気になると確信した。

「今度は僕がクンニで……」

「いいのよ、無理しないで」

遠慮する美沙子の太腿の間に入って、厚い肉のマンジュウをくつろげた。咲絵とは完全にちがう器官だ。花びらが、まるで肉茎を巻き込むのではないかと思えるほど大きい。肉のマメを包んでいる包皮もやけにもっこりしていて、宝石玉の大きさが想像できる。今は少ししか顔を出していないが、小指の先ほど大きな肉のマメかもしれない。ほんのりと淫《いん》靡《び》なメスの匂いが鼻孔《びこう》を刺激した。

荒々しい鼻息をこぼしながら、心平は女園を舐め上げた。あとは夢中になって溢れてくる蜜を味わいながら舐めまわした。

「あう、待って。騎乗位でしたくなったわ」

気をやる前に美沙子が言った。

咲絵は正常位で下になって揺れているのが似合いだが、美沙子はいかにも騎乗位が似合いそうだ。

「下になると腰が動かしにくくなるし……」

心平はいちおう、そう言った。

「私がしてあげるわ。気にしないで、すぐにいっていいのよ」

最初は怖い女にも見えたが、実際はやさしい女なのだと、心平は美沙子を見直した。

上になった美沙子は、元気になっている心平の剛直を手にして、自分で秘口に当て、腰を落とした。

「おおっ……し、締まる……」

心平は熱い肉ヒダの締めつけに声をあげた。

「ふふ、ボウヤを握り潰《つぶ》しちゃおうかしら」

余裕たっぷりの美沙子は、腰を揺すりたてて笑った。

乳房がポヨンポヨンと揺れる。素晴らしく大きなふくらみだ。じっとしている心平は、腰を上下させながら妖《あや》しい視線を向けて見下ろしている美沙子に犯されているような気がした。美沙子になら、一生、犯され続けてもいい。

上下運動だけでなく、ときにはクネクネと腰を振ったり回転したりする美沙子の激しさと巧《たく》みさに、心平はまたも短時間で気をやって果てた。

死ぬかと思ったが、二度とも美沙子にしてもらったのだと思うと、男としての意地から、何とか自分が主導権を握って、美沙子にエクスタシーを与えなければと思った。

美沙子は寝ていいと言ったが、キッチンで栄養ドリンクを飲んだりして、何とか時間はかかったものの男を回復させた。

三度目はクンニリングスから行為に入り、色々と体位を変え、やっと美沙子に法悦を与えることができた。

4

「あんなにするんだもの……怠いわ。あなたが戻ってくるまでここにいていい？」

朝になって美沙子が言った。

「それが……」

心平は慌てた。

美沙子とは、またセックスしたい。だが、咲絵の姿がチラチラと脳裏に浮かんだ。美沙子になら、一生、犯され続けてもいいと思った昨夜。だが、それはあくまでもアバンチュールとしてだ。結婚となると、やはり、しとやかで上品な咲絵がいい。年上の女も悪くはないが、まだ二十歳の汚れを知らない女を、自分の色に染めていく男の喜びは大きい。会社経営者の美沙子との生活は、心平にはしんどい。ヒモになるというのも、どうも自分には合わない気がする。

「お袋が出てくることになってるんです……よりによってこんなときに……お袋には合鍵を渡しているし、まずいんです。お袋が帰ったら、僕から連絡しますから」

惜《お》しいような気がしたが、美沙子の携帯電話の番号を訊《き》き、いっしょに部屋を出た。

美沙子は駅で心平と別れると、咲絵の待つホテルに向かった。

「宝石は？」

咲絵は満面に笑みを浮かべて美沙子を迎えた。

「あの男、最低！」

「だめだったの……？」

「追い出そうとしても、出ていかないの。外食させようと思ったら安っぽい出前を取るし、ゆっくり風呂に入ってる間にと思ったら、入る前に引き返してくるし、押入に手を伸ばしてたから、危うく疑惑を持たれるところだったわ」

「怪しまれてるの……？」

咲絵が眉間に小さな皺を寄せた。

「そんなドジはしないわ。うまくごまかしていっしょに風呂に入ってメロメロにしてベッドに入って……」

美沙子はそこで、とびきり大きなため息をついた。

「あいつ、最低。ああ、眠い」

美沙子はベッドにそのまま大の字になった。

「あいつを口でいかせてやって寝かせようとしたら、まだやる気で、仕方ないからセックスしたわ。騎乗位ですぐにいかせて寝かせようとしたら、まだやる気で……機嫌を損ねるといけないと思って相手になって……私もついにヘトヘトになって眠ってしまったわ。気持ちよかったわけじゃないけど、躰を使えば疲れるわね。あいつ、下手なくせにタフなんだから」

美沙子は男のように舌打ちした。

「押入の本をだいぶ退《ど》けないとあれは取れないけど。あの男、大事なところにつまんない本を置いたもんだわね。それでも、居残ればすぐに何とかなったのに、きょうは合鍵を持った母親が来ることになってるからまずいって、追い出されたわ」

「変ね……お母さんは亡くなってるって言ってたけど……」

「あいつ！」

美沙子は半身を起こして悔《くや》しがった。

「咲絵を本命にしようというわけね。それでもいいけど、さんざん私を抱いたくせに」

美沙子はプライドを傷つけられていた。

「だいたい、あんたがドジだからいけないのよ。せっかくもらった大事な宝石を、他人の家の押入に隠すなんて。そのあげく、知らないうちに引っ越されて、次の男がさっさと入ってるなんて。ドジ！　ちょ～ドジ！　私がひとりで働いてたときは、こんなドジはしなかったわよ！」

「だって……」

咲絵は哀れな顔をした。

ふたりは金持ちの老人に近づいては、上手に金品をせびって暮らしている。住所不定のホテル暮らしだ。たまには男と同棲もするが、利用するためだ。必要なくなれば解消すいる。ゴタゴタになったり捜《さが》されたりしないように、消えるときは、それなりに頭を使っている。

ふたりは姉妹ということにして、財産家の八十歳の男に近づき、だいぶ金品をせびり取った。これからまだ搾《しぼ》り取れると思っていた矢先、その老人が風邪をこじらせて肺炎で急死した。それで、それまでにせしめた金で一カ月ばかり、海外旅行をすることにした。

一カ月となると、現金は銀行で問題ないが、宝石の保管場所が問題だ。訪ねた支店の貸金庫には空《あ》きがなかった。コインロッカーは期限が切れると開けられる。預けられるような信用できる者もいない。他人を信用したらとんでもないことになるのはわかっている。

旅行前、何度か通った飲み屋で、咲絵は酔った振りをして、そこでバイトしている二十二歳のルリ子の家に入り込んだ。そこに宝石を一カ月だけ隠しておこうと思ったが、とんでもないことになった。

海外に行くので、土産《みやげ》にバッグや服を買ってきてやると言うとルリ子は喜んでいたが、帰国してみると、その部屋の表札は替わり、見知らぬ苗字が書かれていた。

最近は世の中も危険になり、そのマンションでも過去に殺人未遂事件が起きたことがあるようで、それをきっかけにドアを換えたらしく、安普請《やすぶしん》のマンションにしては、簡単に開けられないキーを使っている。合鍵など作れず、心平に近づいて部屋に入り込むしかなかった。

ルリ子が出かけているとき、宝石の隠し場所を探した咲絵は、押入の上段の天井部分の端《はし》の板が持ち上がるようになっているのに気づき、最高の場所だと、そこに宝石を隠した。

ところが、次の住人の心平は、押入の天井に届くほど、ぎっしりと本を置いていたのだ。心平の目をひととき盗むぐらいでは、宝石は取り戻せない。まずは重い本を退ける作業がある。

「十分でもあいつが部屋から出ていってくればいいのに、くっついて離れないんだから参るわよ。でも、あんたにご執心みたいだから、きようにでもまた入り込んで、ちゃんとお宝、持ってらっしゃいよ。旅行でお金、だいぶ使っちゃったんだから、早く換金しないと」

「しつこくあそこをペロペロするからやだ……私がいちばん気持ちいいとこ、わかってくれないんだもん。それに、一回で終わるかと思ったら、またあそこが元気になるまで舐めまわすんだもん。好みの男じゃないから、もういや」

「なに言ってるのよ。元々、変なところに隠したあんたが悪いんだから、擦《す》り切れるほどナメナメされてでも、お宝、持ってらっしゃい」

美沙子はフンとそっぽを向いた。

「だけど、もし、ルリ子の部屋の家具とかに隠しておいたら、持ち出されてしまってたじゃない……あんなところだから、引っ越されても無事だったんじゃない」

咲絵は恨めしそうに言った。

「もっと、あっちこっちの支店の貸金庫を探せば、空きのひとつぐらいあったはずなのに、たった一店で諦《あきら》めるなんて」

「だってあのときは……ねえ、思い切って諦めましょうよ……」

「バカおっしゃい。百万、二百万の宝石じゃないのはわかってるくせに」

「でも、五百万だって一千万だって、働いたほうが早く手に入ると思うけど」

働くとは、男に近づくということだ。

「自分のものを取り戻さないバカがいる?」

「だったら、あの人の次に、あの部屋を借りればいいでしょ?　今から予約しておいて」

「あんたと話してるとオツムが痛くなるから寝るわよ。咲絵も充分に睡眠を取ってスタミナつけとくほうがいいわよ。アイツをヘトヘトにして死んだように眠らせて、その間に取ってくるしかないんだし。もっとも、あんたにだったら、会社に行ってる間も、あそこにいていいと言うかも。そしたら楽に取ってこられるわね」

美沙子は服を着たまま目を閉じた。

5

「いやよ……ね、いや……そんなに見ないで」

羞恥に身悶《もだ》えしてずり上がっていく咲絵の太腿をグイと引っ張っては元に戻し、心平はデリケートな菓子に似た美しすぎる秘園に見入った。

すぐに舐めまわしたい誘惑に駆られている。だが、視姦しているだけで蜜を溢れさせ、羞恥《しゅうち》に打ち震える咲絵を見ていると、その姿がこの上なく貴重なものに思え、もう少し見ていたくなる。

「ばか……見ないで」

何と愛らしい声、何と愛らしい表情、何と愛らしい二十歳の躰……。

心平は昼だけでなく夜も働いて、咲絵に贅沢をさせたいと思った。二度とこんな女には巡り会えないだろう。たとえ巡り会ったとしても、こんな関係を持てるはずがない。これは一生に一度のラッキーチャンスなのだ。

「咲絵、最高だ」

心平はとろけそうな女園に顔を埋め、花びら、肉のマメ、花びらと肉のマンジュウのあわい、聖水口、秘口や粘膜、あらゆるところを舐めまわした。

「くっ……やん……だめ……あっ……んんっ」

感じすぎるのか恥ずかしいのか、必死に口戯から逃れようと暴れる咲絵に、ますます心平は興奮し、執拗に舐めまわした。ひっくり返して腰を持ち上げ、ひくついている後ろのすぼまりまで丁寧に舐めた。

「んんっ！　やん！　そこはだめっ！　ヒッ！」

咲絵には排泄器官など存在しないのだ。心平はすぼまりを舐め、足指を一本ずつ口に入れ、全身隈無《くまな》く舌を這わせていった。

それから、汗まみれの咲絵を抱きしめ、強引に唇を塞いだ。イヤイヤをする咲絵の唇を舌で割り、一方的に唾液を絡め取った。

咲絵は心平の胸を押し退《の》けようとしている。だが、心平が強く抱きしめているので虚しい抵抗だ。

「最初、後ろからしていいか……？」

顔を離した心平は、まだあまりセックスの体験のない咲絵は後背位を嫌がるかもしれないと、遠慮がちに尋ねた。

汗で額《ひたい》に黒髪をへばりつかせている咲絵が、やっとそれとわかる小さな動作で頷いた。

股間のものが、また単純に反応した。

心平は咲絵をうつぶせにした。犬の格好をさせたかったが、お嬢様だけに、それは拒まれるような気がして、すぼまりにキスしたときのように、腰を抱え上げた。頭がシーツに着いているだけに、四つん這いよりかえって破廉恥な格好になった。

心平の肉茎の側面にはミミズのような血管が浮き上がり、猛《たけ》り狂っている。蜜液でパールピンクにぬめ光っている秘口に、猛々しい剛直を押し込んだ。

「はああ……」

咲絵が消え入りそうな声をあげた。

心平は鼻血が出そうになるほど昂ぶりながら、抜き差しした。グチュグチュと淫《みだ》らな蜜音がしてくるのに時間はかからなかった。

男と遊び慣れた女の蜜音は下品に聞こえるものだが、咲絵はお嬢様だけに、淫らでいて上品に聞こえる。

「恥ずかしい……やん」

咲絵が尻を振った。

心平はバックから側臥位へ。それから正常位へと移り、果ては、肩に咲絵の両脚を載せた恥ずかしい格好にして突いた。

考え得るさまざまな体位に移行し、やがて心平は多量の樹液を解き放った。

しばらく心平も咲絵もぐったりしていた。

咲絵の携帯電話が鳴った。ふたりともビクリとした。一回切れたものの、またかかってきて鳴り続けるので、咲絵は携帯を取った。

「咲絵ちゃん？　私、ルリ子……わかる？」

咲絵は飛び上がるほど驚いた。

「どうしたの……」

心平がいるので思うように話せない。

「すぐにかけ直すわ」

咲絵は心平に大事な話だからと言い、慌てて服を着て外に出た。

「急に引っ越ししたりしてどうしたの。捜したのよ。だって、約束のお土産だって買ってきたし……」

「男に騙《だま》されたの」

電話の向こうのルリ子が、急に嗚咽《おえつ》した。

「私、あの部屋に二年半も住んでたの」

「聞いたわ……」

そこに今、咲絵がいるのだと知れば、ルリ子は驚くだろう。

「咲絵ちゃんが外国に行ってからすぐのことだけど、夏休みに入ったし、大掃除してたの。そしたら、押入の上段の拭《ふ》き掃除をしていたとき、天井に頭をぶつけて……そしたら板が動いて、そこに宝石があるのに気づいたの」

咲絵は啞然《あぜん》とした。

「前の人のものなら、とうに取りに来てるはずだし、偽物を誰かが面白がって置いておいたのかなと思ったの。でも、それを、最近つき合うようになった人に話したら、興味を持たれて、鑑定してもらおうって。そしたら、信じられなかった……本物のダイヤのネックレスとかリングとか、全部で一千万円ぐらいの値打ちがあったの」

宝石はルリ子が持っていた……。

咲絵はクラクラした。

「その人がね、二年半も住んでいて誰も取りに来ないんなら、その前に住んでた人が犯罪者で、悪いことをして盗んで隠しておいたものの、殺されるかどうかして、そのままになったんじゃないかって。だから、いつ仲間が探しに来るかもしれないから危険だって言われて、私、彼に言われるまま、宝石持って、慌てて、次の居場所を秘密にして引っ越したの」

「じゃあ、それ、持ってるのね……」

「それが……彼に騙されたみたいなの……ふたりで同棲をはじめたんだけど、一週間もしないうちに宝石を持ち逃げされて、通帳も空になってて……職場のことも嘘だったし、行方がつかめないの」

咲絵はその場にへたり込みそうになった。

「わけのわからない宝石を黙ってくすねたから警察にも行けないし……私、これからどうしたらいいか……咲絵ちゃんはお金持ちみたいだし、少しお金貸してくれないかと思って、恥を忍んで電話してみたの……」

背後で人の気配がした。心平が心配そうな顔をして出てきた。

「また電話するから」

咲絵は電話を切った。

「長いから心配になって……誰から？」

「お手伝いさんから……大変なことになったわ……私、去年、フランスの大学に短期留学したとき、そこの大学に通っていた富豪の青年に求婚されたの。でも、断ったの。それが、今、通訳といっしょに私の家に来ているんですって。パパとママは知り合いにディナーに呼ばれていて留守だから、お手伝いさんが困り果てて、まず私に電話してみたんですって……困ったわ……パパ達にはこのことを話したことがあったけど、断ったって言ったの。でも、パパは絶対結婚しろって。だって半端な金持ちじゃないの。父親がゴルフ場やホテル、いくつも持ってる人なの。だからって、私はいやだけど……でも、ともかく、すぐに帰らなくっちゃ」

「フランスの富豪か……」

心平は自分がたとえ昼夜働いても、その一年分の給料は、フランスの富豪からすると、ほんの数日で使い切るほどのものかもしれないと思った。部屋に呼び戻した咲絵を、もう一度抱こうと思っていたが、すっかり萎《な》えてしまった。

咲絵が身だしなみを整《ととの》えて出ていくのを、心平は惚《ほう》けたように見送った。

＊＊＊

「あいつ、やり得だったわね」

美沙子が舌打ちをした。

「まったく、させ損だわ。あんたのドジのおかげで」

また美沙子は怒った口調で言った。

「ルリ子って女、欲張りな上に軽薄で、せっかく私達が躰で稼いだ宝石を男に持ち去られるなんて。目の前にいたら、ひっぱたいてやりたいところよ」

「でも、自分の通帳のお金も引き出されてしまったみたいで可哀想《かわいそう》……」

「何が可哀想よ。可哀想なのは私達じゃない。あの宝石は盗んだものじゃないのよ。ふたりの躰で稼いだまっとうなものなの。喜んで金持ちのお爺ちゃんが買ってくれたものなのよ」

美沙子はホテルのデスクを、拳《こぶし》で神経質そうにコツコツと叩いた。

「誰に手紙なんか書いてるのよ」

美沙子は咲絵の書いている手紙を横から奪い取った。

「フランス人の彼に激しく求愛され、彼の気持ちが伝わってきました。両親も望んでいることなので、卒業を待たずにフランスに発《た》つ決心をしました。彼との結婚を決意したら、あなたのいる日本にいるのが辛《つら》くなったのです。さようなら。一生忘れられない思い出になりました。またご縁があったらお会いできるでしょう……何よ、これ」

「だから、そういうことになって会えなくなったってことにしておけば、また何か利用できる日が来たとき、近づけるでしょう？」

「これ、ひょっとして森下心平宛？」

「そう」

「ああ、頭が痛くなるわ。あんた、あの男に未来があると思うの？」

「一等の宝くじが当たる可能性はあるでしょう？　前後賞を入れて何億円になる？」

「あんたは将来の心配なんか何もしてない幸せな女ね。あの男が宝くじの一等を当てる日を待つより、フランスに行って、富豪の息子を探すほうが簡単だと思うわ」

美沙子は手紙を高く放った。ヒラヒラと舞い、ベッドに落ちた。

「新しい仕事をはじめる前に……ね……して……お姉さんからナメナメしてもらうのがいちばんいいもん」

咲絵は美沙子に、猫なで声で擦り寄った。

「あんた、最悪の見込みちがいのドジやったんだから、まず最初に、私を楽しませたらどう？　それからじゃなきゃしてあげない」

咲絵はかいがいしく美沙子の服を脱がせはじめた。

淫の迷宮

1

むっちりした圭子《けいこ》の太腿《ふともも》の間に顔を埋《うず》めた三沢《みさわ》は、大きな花びらの縁《ふち》を舌でなぞった。

「あは……」

豊満な圭子の尻肉がくねった。

花びらを舌でかき分け、ねっとりした花蜜で潤《うるお》っている女壺の入口を舐《な》めあげた。

「んんんっ……」

圭子は卑猥《ひわい》に腰を振った。

やや濃いめの茂みも大きな花びらも、圭子の好色さを物語っているようだ。

チュルッと音をたてて肉芽を吸い上げると、圭子の背がシーツから軽く浮き上がった。

圭子は三沢の生あたたかい舌で、女の器官を舐めまわされるのが好きだ。何度も絶頂を極め、エクスタシーの波間を漂《ただよ》う。

一時間でも二時間でも奉仕してくれる三沢に、圭子はぞっこんだ。

ふたりの娘が学校から帰って来ない間に、ふたりは圭子のマンションのベッドで戯《たわむ》れる。

圭子は夫と離婚して五年。三沢とつき合いはじめて四年になる。娘は四年生と六年生になった。三沢と結婚したいと思うが、ふたりの娘はどうしてもなつかない。三沢を見ると、あからさまにいやな顔をする。

いっしょに暮らしていたが、ついに一年ほど前、三沢は別のマンションで暮らしはじめた。それでも、ふたりは毎日会っている。

こんなに好きな三沢なのにと、圭子はもどかしくてならない。だが、三沢も必要だが、ふたりの娘は目に入れても痛くないほど可愛《かわい》い。

娘達が成長すれば、きっとこの三沢を理解し、父親として受け入れてくれる日がくるだろう。圭子はそう信じて疑わなかった。

三沢の二本の指が女壺に押し入り、肉ヒダを掻《か》きまわした。そうしながら、舌で肉芽を転《ころ》がし、舐めまわした。

「ああ……健一《けんいち》……いい」

すすり泣くような声で圭子は喘《あえ》いだ。

「健一のもおしゃぶりさせて……ああう……いっしょにしたいの……ねえ」

尻をくねくねさせながら、圭子はシックスナインを望んだ。

淫《みだ》らな匂《にお》いのするふやけた指を出した三沢は、圭子に尻を向け、うつぶせに躰《からだ》を乗せた。

　目の前の黒い茂みのなかから立ち上がっている肉棒をつかんだ圭子は、それを口いっぱいに頰張《ほおば》った。そして、ぼってりした唇でミミズのような血管の這《は》う側面をしごきたて、舌をからめて舐めまわし、吸い上げた。肉傘の裏や、裏筋を、チロチロとつついた。唾液が口いっぱいに溢《あふ》れた。

「んん……」

　女芯を舐めあげていた三沢は、圭子の巧《たく》みな口技に、たちまちはぜそうになって声をあげた。

　圭子の女壺に肉棒を挿入《そうにゅう》するつもりで、三沢は腰を上げようとした。だが、圭子は肉棒の根っこを手でギュッと握って放さない。そして、ますます熱心に舌を動かしはじめた。

「イク……圭子……イクぞ」

　三沢は歯を食いしばった。

　圭子はフェラチオをやめようとしない。

「うっ！」

　三沢の臀部《でんぶ》が震《ふる》え、精液が圭子の喉《のど》に向かって勢いよくほとばしっていった。

コクッと喉を鳴らして、圭子が精液を飲み干した。

ぐったりした三沢は圭子の躰から離れ、ゴロンと仰向《あおむ》けになった。

「バカだな。このごろ俺は疲れてるんだ。あと三十分は立たないぞ。まだ入れてないのに」

「それまで、またオクチと指でしてよ。健一のこの唇はプヨプヨして気持ちいいわ。この唇でくすぐられると凄《すご》く感じるの。ね、またして」

精液を飲み込んだ生臭い口で、圭子がねだった。ねばついた、いかにも貪欲《どんよく》な目だ。

「今晩、まだ仕事があるから勘弁してくれよ」

「えっ、仕事するの？」

「ものになりそうな客がいるんだ。こんなときは、一押し、二押し、三に押しだ」

三沢は外国製の高級な掃除機のセールスをしている。三沢の仕事はよく変わる。長続きしない。歩合《ぶあい》制なので、勤務時間は決まっていない。主婦相手のセールスだが、そう簡単に五十万円以上する掃除機を買う者がいるとは思えない。

「明日にしたら？」

「ようやく売れるかもしれないって張り切ってるんだぞ」

「いい女でもいたんじゃないの？」

ふいに圭子の目がきつくなった。

「バカ言うなよ。俺が圭子に惚《ほ》れてるのはわかるだろ？　毎日、店にだって顔を出してるんだ。こうして会っても、また会いたくなる。圭子が最高さ」

三沢は甘ったるい言葉を囁《ささや》き、圭子の唇を塞《ふさ》いだ。

2

アーチ型の古めかしいオリーブ・ブラウンのドアを押して入ってきた客が、いち早く美形の女に目をやった。

「あれ……新しい子？」

肩よりやや長めの漆黒《しっこく》のストレートの髪。はっきりした二重瞼《ふたえまぶた》。大きな目。男心をそそる魅惑的な唇。卵形の顎《あご》。小さな花柄のワンピースが、いっそう女の愛らしさを引き立たせている。

「香夜《かよ》ちゃんよ。よろしくね」

「いつから？」

「もう二週間よ。松村《まつむら》さん、すっかりご無沙汰《ぶさた》なんだから」

「ひと月前に来たじゃないか」

「ほら、だいぶご無沙汰じゃない。毎日来てるお客さんだっているんだから」

松村の視線は香夜に向いたままだ。

N駅から歩いて三分。クラブやスナックの立ち並ぶ路地の一角に、圭子の経営するバー〈圭子〉がある。

カウンターに八人、めったに使わないたったひとつのボックスにも四人しか座れない。ボックスは、ほとんど客の荷物置き場になっている。

募集の広告を出したが、圭子は、まさか香夜のような女が面接に現われるとは思わなかった。最初、道でも尋《たず》ねるために入ってきたのだと思った。

なかなかの上物だ。美人というだけでなく、知的な感じもして、こんな小さなバーのホステスにはもったいない。香夜を逃《のが》したくないと、圭子は一時間当たりのバイト代を、これまで雇った女達以上に奮発することにした。

「学生かい？」

「ふふ、嬉《うれ》しい。でも、もう二十二歳」

「へえ、十代かと思った。昼間は勤めてるの？　近くに住んでるの？　ひとり？」

松村は矢継ぎ早に質問した。

「こんなとこで、あんまりプライベートなことを聞いちゃだめよ。私のことなら何でも話してあげるから。何を聞きたいの？」

松村のボトルを出しながら、圭子は釘《くぎ》を刺した。

「何を聞きたいって言われても、ママのことなんか興味ないしな。四十近くに見えるが三十三歳。本当は三十五ぐらいにはなってるんじゃないのか。で、ふたりの娘の母親。離婚歴あり。目下、次の亭主にと、金のある男を物色中。客から金をぼったくる天才。これだけ知ってりゃ、充分だろ」

圭子はフンとわざとらしく鼻を鳴らした。

ショートカットに大きなゴールドのイヤリング。小太りの圭子は、今が女盛りだ。誘惑のフェロモンを総身から分泌している。美人でもなく、粗野な女だが、常連は圭子のフェロモンに引き寄せられるのかもしれない。

「香夜ちゃん、何か好きなもの呑《の》んでいいよ」

すぐに圭子から香夜に視線を向けた松村が、愛想よく言った。

「あら、私にそんなやさしいことを言ってくれたことなんかないくせに」

拗《す》ねた振りをしながら、圭子は香夜の人気に、悪い気はしなかった。ビールやキープボトル以外のものを呑んでもらえば、売上げが増える。

八時ごろになると、さっそく香夜を目当ての客がやってきて、八人しか座れないカウンターは、たちまちいっぱいになった。

「香夜ちゃん、立ちっぱなしじゃ疲れるだろう？　ボックスの荷物片づけるから、ちょっと座ってたらいい。こんな店、ママひとりで大丈夫なんだから」

「おう、香夜ちゃん、座れよ。ママみたいに消耗品《しょうもうひん》じゃないんだから、躰は大切にしないとな」

「ママにこき使われて、香夜ちゃんがすぐにやめるんじゃないかと心配だ。ママが意地悪したら、俺に言ってくれ」

客達は次々と香夜への思いやりを口にした。

「ふん、どうせ私は消耗品、先行き暗い人生しか残ってませんよ」

圭子はプイと頬をふくらませる真似《まね》をした。だが、客が香夜に甘い言葉をかけながら、ジュースやカクテルを奢《おご》ってやるのを内心喜んでいた。

「ご馳走《ちそう》してやるのはいいけど、ホテルに誘ったりしたら承知しないわよ。香夜ちゃんはまじめなんだから」

「私を誘ってからにしてェ、じゃないのか、ママ」

「それじゃ、香夜ちゃんを永久に誘えないじゃないか」

客達が声をたてて笑った。

ウブに見える香夜が、すでにスナックのホステスを経験していると聞き、圭子は意外に思った。いちいち指図しなくても、初日から客にさっさとおしぼりは出すし、後片づけも早い。圭子はすっかり香夜が気に入っていた。

ひとしきり賑《にぎ》わったあと、閉店近くなって、三沢がぶらりと入ってきた。

「香夜ちゃん、慣《な》れた？」

「ええ、ママもお客さんもいい人ばかりで」

「さっきまでお客さん、いっぱいだったのよ」

圭子はカラオケの選曲リストを三沢に渡しながら、香夜を誉《ほ》めることを忘れなかった。

「三沢さん、いい声聞かせてくださいね」

三十代後半の三沢の歌は玄人《くろうと》はだしだ。女心を揺り動かすような、ムードのある歌い方をする。

開店早々の六時過ぎにやってきたり、閉店まぎわにやってきたり、それでも、毎日必ず顔を出す。

「仕事、うまくいったの？」

「それが、なかなか……また、明日出直してみる」

「そう、不景気だしね」

圭子と三沢は、香夜にはわからないやりとりをした。

三沢が帰ったあと、カウンターを片づけながら香夜は大きな伸びをした。

圭子はいつものように手帳にメモをはじめた。店に来た客やボトルを入れた客の名前、天気からその日の事件まで何でもメモしておく。

『文章って苦手なの。本も読まないしね。メモだったら簡単だから、日記のかわりみたいなもんかな』

いつか圭子は香夜にそう言った。

「ママ、三沢さんのお仕事ってなあに？」

「セールスよ」

「じゃあ、よほど高いもの売ってるんでしょ？　バックマージンがいいのね」

「三沢さんのこと、どう思う？」

「いい人」

「それだけ？」

「やさしそうな感じの人、かな」

「たったそれだけ？」

困惑している香夜に、圭子がふふっと笑った。

「あのね、お客さんに言っちゃダメよ。あの人、私のコレ」

圭子は小指を立てた。

この二週間、香夜はふたりのそんな関係に気づかなかった。三沢ひとりしかいないときも、圭子は他の客と同じように三沢と接していた。ときどき甘えた口調で何か言っていたが、それは圭子独特の接客術だ。

『ねェ、ご馳走してよ……』

ときには客の横に座り、さりげなく膝《ひざ》あたりに手を載《の》せて鼻にかかった声を出す。客がひとりのときは、そうやって色気で迫る。媚《こ》びを売らない香夜に対して、圭子はいつも媚びを売っていた。

「ちっとも気がつかなかったわ。ね、やさしい人なんでしょう？」

「ふふ、まあね」

笑みを浮かべた圭子の目は淫らに光っていた。

「ミミちゃんは知ってるかしら？」

ミミは月水金の三回、〈圭子〉でバイトしているＯＬだ。

「とっくに」

「なんだ、私って鈍《にぶ》いのかしら」

香夜はちょっとがっかりした。

「鈍くないわよ。ミミちゃんにだって、私から教えたんだから。これは秘密よ。バレると客が来なくなるかもしれないから。男ってスケベだから、私にテイシュがいないし男もいないとなると、ひょっとしてナニをすることができるかもしれないって下心で、せっせと通ってくれるのよ」

ママは唇に指を立てると、機嫌よく鼻歌を歌いはじめた。

3

ミミのバストはDカップ。ペパーミントグリーンのニットのシャツを、こぼれんばかりの乳房がグイと押している。細面《ほそおもて》の顔に比べ、不自然なほど大きいバストだ。ショートカットで、白い耳には小さなルビーのピアスをしている。OLをしていることもあって、いつも小さめのピアスだ。それに比べ、丸い顔の太めの圭子は、大きなリングや派手な飾りのピアスのことが多い。

最近、圭子は三十分から一時間遅れて店に入る。香夜は圭子に信用され、勤めはじめてわずか一カ月で店の鍵を預けられた。先に開けて準備する。準備といっても、カウンターを拭《ふ》いたり、前日洗ったグラスを棚に仕舞うくらいだ。

ふたりでナプキンを折っていると、三人連れの客が来た。

「おう、香夜ちゃんとミミちゃんだけか。最高だな。ママが来たら帰る」

「われわれは何と運がいいんだ」

「まあ、ママに言いつけちゃうから」

「ないしょだ。勘定が倍になる。ママはそういう女だ」

三人は上機嫌だ。

ミミがおしぼりを渡すとき、ボリュームのある乳房がユサユサと揺れた。

途切れることなく客が続き、閉店まぎわにやってきたのは、見るからにまじめそうな色白のサラリーマンだった。

くだけた客の多い〈圭子〉には場違いな、ハイレベルの勤め人という雰囲気だ。カウンターに座ったものの、水割り一杯で帰ると香夜は思った。粗野なママとは合わないだろう。

「はじめまして。いい男ねェ」

ママは好色な目を向けた。

閉店までの三十分、男はいくら搾《しぼ》り取られるだろう。か弱そうなエリートサラリーマンという感じだけに、香夜は気がかりだった。

「ビール？　せっかくだからウィスキーのボトル入れたら？　これも何かの縁じゃない。うちは、こんなにいい子がいるのよ。こっちは毎日来てる香夜ちゃん。こっちは週三回のミミちゃん。タダでミミちゃんのオッパイに触《さわ》っちゃダメよ。ママのなら少しぐらい触らせてあげるけど。ただし、ボトル入れてくれたらね」

香夜は品のないママの下で働いていることが、男の手前、ふっと恥ずかしくなった。

「ママのオッパイには触らなくていいけど、ボトル入れるかな。オッパイに触ったらお金が足りなくなりそうだ」

香夜の意に反して、男はおしぼりで手を拭きながら、冗談を言った。

「わあ、ありがとう。お客さん、大好き。ウィスキーでいいの？」

「ああ」

「ダルマじゃなくて、バランタインはどう？　お客さんにぴったり。もっといいのもあるけど」

初めての客だというのに、いくら搾り取るつもりかと、香夜は圭子の商魂のたくましさに呆《あき》れた。客には長く来てもらうほうがいい。香夜はそう考えるが、圭子には「今」しかない。

　客をベロベロに酔わせて、もう一杯奢ってね、とキープボトルで水割りを作っては呑んだ振りをし、カウンターから見えない流しに捨てては、またねだって作り……。

　そうやって、結局、その日に入れさせたボトルを空《から》にして、法外な金を取ったこともあった。

　翌日、その客は、店の前に立ち、周囲に聞こえる大声で圭子の悪口を言っていた。

『酔っぱらって金払ったほうが悪いんだろ。オトトイ来な』

　圭子がドアを開けてそう言うと、またひとしきり文句を言って客は帰っていった。

「十二年ものか。いくら？」

「一万五千円。高くないでしょ？　昔ならこんな値段じゃキープできないわよ。十七年ものもあるけど」

「十二年ものでいいよ」

　また香夜の勘《かん》ははずれた。男はそれほどいやな顔もせず、こんな小さな店のボトルとしては決して安いとは言えないものをすんなりとキープした。

「よかったら、好きなものを呑んで」

　伊藤《いとう》と名乗った四十歳ぐらいの男は、ボトルをキープしたうえ、景気のいいことを言った。

「わあ、ありがと。香夜ちゃんはここの特製カクテル、ミミちゃんは絞りたてのオレンジジュースが好きなの。そうよね? 私は……そうね、十二年ものならストレートでもらっちゃおう」

さすがに気が引けるのか、圭子はキープボトルを呑むことになった。だが、細めのビアグラスに呆れるほどたっぷりと注《つ》いだ。

伊藤は二度と来ないだろう。香夜は今度こそ、そう思った。

4

「ねェ、伊藤チャン、お腹空《なかす》いちゃった。お寿司とっちゃダメ?」

毎日やってくるようになった伊藤に、圭子は甘えた声を出した。

「いいよ、じゃあ、四人前。僕も食べる」

「嬉しい。四人ということは、私もいいんですか?」

ミミが手を叩《たた》いた。

伊藤はいつもいやな顔をせず、金を払う。今や〈圭子〉にとって最高の客だ。

店が終わって、香夜と圭子は何度も寿司屋や割烹《かっぽう》料理店に連れて行ってもらった。ミミは翌日の仕事があるので、いつもまっすぐに帰る。

『伊藤チャンを逃がしちゃだめよ。コレ、持ってるから』

圭子は親指と人差し指で丸を作ると、毎日のように香夜にそう言った。

圭子は出前の特上寿司を旺盛《おうせい》に食べた。

「たまには香夜ちゃんとデイトなさいよ。私、邪魔しないから」

寿司で満足したのか、ミミが洗面所に立ったとき、圭子は意味ありげな目をふたりに向けた。圭子は伊藤が香夜目当てに通っているのを知っていた。

閉店後、

「香夜ちゃん、朝までいいの？」

伊藤は香夜にストレートに聞いた。

「朝までって……？」

「ダメなら無理にとは言わないよ。ちょっと呑みに行くだけでもいい」

「もう眠いの……」

香夜は伊藤に初めて甘えた声で言った。

伊藤がタクシーを停めた。

風呂に入ろうと誘った伊藤に、香夜は首を振った。

「先に入って……」

男を知らないわけではないが、初めての相手には臆病になる。服を脱いだ自分を見られるのが恐い。

腰にバスタオルを巻いて出てきた伊藤のあとに、香夜は風呂に入った。丁寧《ていねい》に女園を洗って出た。

「明かり、小さいのにして」

香夜は脱衣場から顔だけ出した。

ベッドの近くの小さなソファに座ってビールを呑んでいた伊藤は、少しだけ照明を落とした。

「もっと暗くして」

香夜は顔もよく見えないほど暗くなるまで出てこなかった。

「もういいだろ？　これ以上暗くすると真っ暗だ」

伊藤は自分から香夜を迎えに行った。唇を塞いだ。香夜の躰は硬《かた》い。舌を入れるのを拒《こば》まないが、受け身のままだ。

店ではいちおうてきぱきと働いている香夜だが、水商売には不似合な、ウブで上品な女だ。くすんだ〈圭子〉というバーに、香夜は似合わない。人形のように、床の間《とこのま》に飾られていてもおかしくない。他に店はいくらでもあるだろうに、なぜ、あんなママといっしょに働くことを選んだのか、伊藤は最初、首をかしげた。だが、わけありの女が隠れるには適当な店かもしれない。

ベッドに横になった香夜は、処女のように息をひそめ、緊張していた。

「僕がそんなに恐いのか。後悔してるのか」

薄暗いなかで、香夜が首を振るのがわかった。

乳房に触ると、掌《てのひら》に収まる、ほどよいふくらみだ。乳首を指先でこすると、はあっ、と鼻にかかったかわいい喘ぎが洩《も》れた。だが、女園に手を伸ばすと、ひとときほぐれそうになっていた躰がたちまちこわばった。

片手で香夜は女園を押さえている。伸びてくる伊藤の手を必死で押しのけようとする。

「いや……」

店では聞くことができない可愛い声と、ここまできていながら抵抗する香夜に、伊藤は逆に情欲の炎を掻き立てられた。

香夜の手をつかみ、強引に秘丘に触れた。やけに翳《かげ》りが薄い。

「いやいやいや！」

香夜は伊藤の手を押しのけた。

「どうしていやなんだ？　今、アレじゃないだろう？」

「恥ずかしい……嫌われる……だからいや」

子供のようなことを言う香夜に、ますます肉棒が疼《うず》いた。

ベッドライトに手を伸ばし、照明を明るくした。

「だめっ！」

半身を起こし、総身でイヤイヤをする香夜は、両手で秘園を隠した。

「暗くして！　お願い。見ないで！」

どうやら薄い恥毛を気にしているとわかり、伊藤は故意に香夜の両手を左右に引き離した。

「いやあ！」

歪《ゆが》んだ香夜の顔は美しかった。

翳りが薄く子供のようだ。それが香夜に似合っていた。

「可愛いソコを見せてごらん」

秘園を隠されないように両手首をがっしりと握ったまま、伊藤はやさしく言った。

「いやいやいやいや」

駄々《だだ》っ子のように総身を揺する香夜に、伊藤はいつになく獣《けもの》の血がたぎるのを感じた。

「ここまで来たんだ。我儘《わがまま》は許さない」

押し倒し、太腿を押し上げた。

ほとんど翳りのない秘園だけに、縦一文字に入ったスリットがぱっくりと割れ、ピンクの花びらや子宮に続く秘口があらわになった。透《す》き通るように美しい真珠色をした器官だけに、妙に妖《あや》しく淫らに見える。だが、すぐに香夜の両手で隠されてしまった。

脚を閉じようと躍起《やっき》になっている香夜は、男の力で内腿をつかまれ、それ以上せばめることができず、秘園を隠したままずりあがっていった。それだけ、伊藤も太腿を押し上げていった。

やがて香夜の頭はヘッドボードにつかえ、それ以上動けなくなった。

香夜の手をつかんで秘園から離した伊藤は、小さめの花びらを唇ではさんだ。

「んんっ！」

白い尻がブルブルと震えた。すぐに透明な蜜が湧《わ》き出してきた。花びらを舐め、ほとんど包皮に隠れている小粒の肉芽を舌でつついた。

「くうっ」

生あたたかい舌に責められ、香夜はまたたくまに昇りつめていった。快感と、秘所を見られる屈辱に、声を上げながらすすり泣いた。

「ああっ!」

やがて法悦の波が、香夜の総身を突き抜けていった。

震える白い躰。ひくつく秘口。ねっとりと潤っている女の器官……。昇りつめた香夜を観察した伊藤は、躰を起こした。

香夜の目尻から涙が伝っている。伊藤はそれを舐め上げ、ぷっくりした唇を塞いだ。反《そ》り返った肉棒を柔肉のあわいに押し当て、ゆっくりと沈めていった。

「あう……」

肉棒を呑み込んだあと、また香夜は鼻をすすった。

「ああ、よく締《し》まる。熱い。上等の道具だ」

ねっとりと締めつけてくる肉ヒダは、立派に女のものだ。伊藤は香夜の唇を執拗《しつよう》にむさぼった。

しばらくして、ようやく香夜がチロチロと舌を動かした。

「嫌いに……ならないで……」

ときおりしゃくりあげる香夜が愛《いと》しく、伊藤は頭を撫《な》でた。

「薄くてもジャングルでも、そんなこと、どうでもいいんだ。そんなことを気にしているのか。おバカさんだな、香夜は」

薄い翳りを気にして、明かりを暗くさせた香夜。明るい照明の下でそこを見られ、泣いてしまった香夜。伊藤はそんな香夜がいじらしくてならなかった。

抽送をはじめた伊藤に、香夜は眉間《みけん》に可愛い皺《しわ》を寄せながら喘いだ。

「あは……はああっ」

まるで破瓜《はか》のあとのような不安な顔だ。激しく腰を動かせば、香夜はガラスの人形のように壊れてしまうかもしれない。唇のあわいから覗《のぞ》く白い歯が、照明を反射してぬらりと光った。

5

腰の動きを止めた三沢が、掛け時計に目をやった。

「そろそろ帰ってくるんじゃないか？」

「まだ一時間は戻らないわよ。早くぅ」

圭子は腰を浮かせて催促した。

「このごろ疲れてるのか、元気がないんだ」

肉ヒダのなかで萎縮《いしゅく》していく肉棒の感触に、圭子は慌《あわ》てて腰を振った。だが、いったん萎《な》えてしまった肉棒は、元に戻らなかった。

「疲れてるって、ぜんぜん契約取れないじゃない。ダイヤの指輪でも何でも買ってやるって言ったのを忘れたの？　お金が出せないなら、せめて精液ぐらい出したらどうなの」

結合を解いて煙草《たばこ》を喫《す》う三沢に、圭子はいつになく苛《いら》立った口調で言った。

「契約が取れないから疲れてるんじゃないか。俺だって、一生懸命に働いてるんだ。今夜ぐっすり寝て疲れを取るから、店には顔を出さないぞ。明日、社長がゴルフにつき合えと言ってるしな。だから、明日は夕方までにここに来るのは無理だ。店に顔を出すのは遅くなるからな」

三沢はシャワーを浴《あ》びるため、寝室を出ていった。

役立たずの男に、圭子は苛々をつのらせた。キリキリと歯を食いしばった。そのあとで、稼《かせ》ぎもしない男を社長がゴルフになど誘うだろうかと疑問を持った。

「三沢さん、まだですね」

十一時を過ぎたころ、香夜はまだ来ない伊藤のことを気にしていたが、圭子に気を遣った。

「今夜は来ないの」

圭子はそっけなく言った。

「伊藤チャンは来るわよね。だけど、伊藤チャンは意外だったわね。エリートってことは一目でわかったけど、あんなにお金があるとはね。軽く月に十万以上使ってくれるし、終わって食事にだって連れて行ってくれるしね。名刺くれないから、どこの会社か、よけい気になるわね。伊藤チャンともうホテルに行ったんでしょ」

香夜はイエスともノーとも言えず、一瞬、ためらった。

「ふふ、行った翌日に、とうにわかってたわよ。伊藤チャンを迎えるそれまでの香夜ちゃんとちがってたから。食いついて放しちゃダメよ。性格もいいし、お金もある。最高じゃない。きっと、もうすぐ来るわね。客が切れると口が淋《さび》しくなるわ。水割りでも呑もうか」

いつものように、圭子は勝手に客のキープボトルを取ってグラスに注いだ。

『わかりゃしないわよ』

客とのトラブルを心配する香夜に、いつも圭子はそう言っている。

「香夜ちゃんみたいに、払いのいい男を捕まえてくれると助かるわ。それに比べ」

圭子は水割りをグッと呑んだ。

「ミミちゃんは馘《くび》にしようか」

「えっ？　でも、私がまんいち休んだりしたら、ママ、ひとりで……」

「香夜ちゃんが来るまでは週に二日はひとりでやってたんだもん」

「でも、ミミちゃんのファンもいるし」

安いＯＬの給料だけでは都会で暮らしていけないと、ミミはいつか話していた。週に三回の、わりと気楽な〈圭子〉でのアルバイトを、ミミはやめたくないだろう。

伊藤が来ると、また圭子は寿司をねだった。

「ああ、やっぱりここの特上はいくら食べても飽《あ》きないわ。これで満腹。ふたりのデイトの邪魔はしないから、終わったらどこにでも自由に行ってね」

圭子は伊藤の寿司にまで手を出した。

それから、どこかに執拗に電話を掛けはじめた。今日は手が空《あ》けば、圭子は何度も電話している。だが、相手は留守なのか、一度も出ない。三沢にだろうか。伊藤にときおり笑顔を向けながらも、圭子が苛立っているのは香夜にもわかった。

6

バスタブのお湯がいっぱいになった。

「風呂に入るぞ」

「先に入って」

「もう全部見られたんだ。恥ずかしいことはないだろう?」

「いや。私はあと……」

もう四、五回ホテルに来ているというのに、まだ香夜はいっしょに風呂に入ろうとしない。伊藤は力ずくで浴室に引っ張り込みたい気がした。

「いっしょに入らないなら、考えがあるぞ」

伊藤は意味深長な言葉を残して引き下がった。

伊藤のあとに風呂に入った香夜は、

「もっと暗くして」

どうせ、あとで明るくされるとわかっていながら、いつものように、脱衣場から顔だけ出してそう言った。

照明を落とさないと香夜はベッドまで来ない。

「おいで」

明るくしたまま迎えに行こうとすると、浴室に隠れ、鍵を掛けてしまった。こんな鬼ゴッコは新鮮で楽しい。

「わかった。暗くするから出ておいで」

伊藤は苦笑した。そこから離れる振りをして、脱衣場の陰に隠れた。

そっとノブを回した香夜が、腰にバスタオルを巻いて出てきた。

「すぐ暗くしてね」

香夜は伊藤がベッドの方にいると思い込んでいる。

伊藤は香夜を抱きすくめた。

「あっ！　いや！」

香夜は心臓が飛び出しそうになった。せっかく風呂に入ったのに、総身から汗が噴《ふ》き出した。

「ほんとに香夜は仔猫ちゃんだな。あんまり暴れるとくってしまうぞ。お仕置きされたいか？」

本気であらがっている香夜を、ベッド際まで引っ張っていった。それから、カーペットに膝をつかせた格好で、ベッドの縁に上半身だけ押しつけ、尻たぶを軽く叩いた。

「あう」

尻がヒクッと跳《は》ねた。

「悪い子にはお仕置きだぞ」

今度は少し強く、二度打擲《ちょうちゃく》した。パシッと派手な肉音がした。香夜が色白なだけ、赤い手形がはっきりと浮き上がった。

うつぶせの上半身を起こそうと躍起になっている香夜の黒髪が、扇《おうぎ》のようにシーツに広がって揺れた。

「ぶたないでっ！」

今にも泣きそうな声だ。

「だったら四つん這《ば》いになれるか？」

「いや！」

伊藤は白桃のような肉尻を手加減して叩いた。叩いては撫でまわし、また叩いた。叩くたびに桃尻がピクリと浮き上がる。それが可愛くてならない。

スパンキングのたびに、いや、と繰り返していた香夜が、そのうち、打擲された瞬間だけ声をあげるようになった。鼻にかかった、甘やかな声だ。

伊藤はうしろから女園に手を入れた。

「あっ！」

ふいの行為に、香夜の躰が硬直した。

指に触れる秘芯はねっとりと潤っている。香夜がスパンキングを受けて濡れていたのを知り、伊藤の唇がゆるんだ。

「香夜はお仕置きが好きなのか。いやらしいジュースがいっぱい出てるぞ」

うつぶせた臀部のほうから手を入れたままの伊藤に、香夜は尻を振り立てた。尻を叩かれて濡れてしまった自分が恥ずかしくてならなかった。

誰からもされたことがないスパンキングに、最初は逃げたかった。けれど、そのうち、叱られる快感にうっとりしてしまった……。

伊藤は破廉恥《はれんち》な行為を続けた。うしろから花びらや肉芽をいじりまわした。

「あああ……いや」

まるでオスを誘うように、くねくねと尻肉が揺れる。

伊藤はじっとり濡れた秘口に、うしろから肉棒を突き立てた。

「あう……」

甘やかな喘ぎを洩らした香夜が、シーツをギュッと握りしめた。

7

ミミのDカップのバストは、ミミが店に出ているときは、必ず客の話題にのぼる。だが、特に色っぽいというわけでもなく、これといって男心を惹《ひ》く雰囲気の女でもなく、圭子と香夜だけの火曜と木曜には、ほとんど話題にのぼらない。

「気づくのが遅かったわ」

香夜が店に勤めはじめて三カ月近くたったころ、びっしりメモした大きめの手帳をめくりながら、圭子が舌打ちするようにして言った。

「何を？」

香夜はグラスを拭きながら、深刻な顔をしている圭子を見つめた。

「少なくとも半年……」

香夜の質問の声も聞こえないのか、圭子は肩で大きな息をすると、手帳を乱暴に閉じた。

「香夜ちゃん、ちょっと出かけてくるわ。お店、お願い。お天気悪いから、今日はそんなに混まないと思うけど」

「どのくらい？」

「一、二時間」

圭子は香夜が何か言う前に、さっさと出て行った。

香夜が知る限り、いったん店に入った圭子は、閉店まで外に出なかった。何があったのか、香夜には想像もつかなかった。

圭子が戻ってきたのは、三時間もしてからだった。

「ウィスキーちょうだい！　ストレート！」

ひとりいた客の横に座り、太い声で言った。

圭子の尋常でない怒りと、キープボトルを空にされる恐れに、客は勘定を払って逃げるように帰っていった。

「そのボトルはダメ！　適当にキープボトルから注いで！」

計り売り用のボトルの蓋《ふた》を開けようとした香夜に向かって、圭子が乱暴に言った。

圭子は店ではタダ酒しか呑まない。客がいないときはキープボトルを少しずつ呑んでいく。それを見てきた香夜だが、自分の手でそんなことはしたくなかった。

「ママ、どうしたの？」

伊藤のボトルからウィスキーを注いだ香夜は、それを渡しながらおずおずと尋ねた。

「ミミの奴とできてたのよ！」

圭子はグイとウィスキーを呷《あお》った。

「できてたって……？」

「健一とできてたのよ！」

香夜は耳を疑った。

「そんな……」

「健一の部屋でいちゃついてたわ。素っ裸で、あの大きいオッパイを剝《む》き出しにして。私が金を出してやってる部屋で健一は」

一気にウィスキーを空けた圭子は、香夜に、もう一杯、とグラスを差し出した。

「火曜と木曜はいつもいちゃついてたのよ。そして、ミミの奴、水曜と金曜に会社を休んで、前の日から健一と旅行に行ったこともあるの。うすうすわかってたけど、あのふたり、私を騙《だま》してよくも」

圭子の総身から怒りの炎が噴き出していた。

三沢のセックスがおざなりになったこと。同時に、時間を気にするようになったこと。そのころから圭子は、三沢に不審をもつようになった。

女がいて、相手がミミとわかったのは、手帳を念入りに読み返し、ある法則に気づいたからだ。

ミミが店に来ない火曜と木曜に限って、三沢が〈圭子〉に現われるのが早い時間だったこと。つまり、さっさと店に顔を出し、あとは翌日の朝までミミと過ごしていたのだ。

圭子は火曜と木曜に、ときおり店から三沢やミミの部屋に電話をかけた。ふたりがそれぞれの部屋にいたことはなく、どちらか一方にしかいないことが多かった。ふたりがどちらかの部屋にいっしょにいたということだ。

早い時間に店に顔を出した三沢が、ミミと東京近郊に泊まりの旅行に出かけたこともわかった。ミミは有給休暇を取って休む。けれど、翌日は夕方までには戻ってきて、会社帰りの振りをして店に勤めていた。

圭子のマンションに顔を出すのも日課になっていた三沢は、旅行に行く日は早めに訪れ、翌日は、仕事を理由に、店だけに顔を出すこともあった。

そうやって、ミミと三沢は圭子の目をごまかし続けていたのだ。

「稼ぎもない男を、私がどれだけ面倒見てあげたと思ってるの」

グイグイと伊藤のウィスキーを空ける圭子は、ほとんど収入のない三沢のために部屋代を出しているだけでなく、服も買ってやり、小遣いもたっぷり渡していたことを憎々しげに話した。

「うちの呑み代は全部タダよ。他の店で呑めるだけの小遣いも渡してたのに」

三沢が圭子のヒモ同然だったことを、香夜は初めて知った。

「うちの子達は、あの男がロクデナシだってことがわかってたのよ。だからなつかなかったのよ」

圭子は子供の目は鋭かったのだと付け足した。

「ミミはもうバイト代は取りに来れないわね。ふたりを怪《あや》しいと思い始めたのはふた月ほど前。絶対に怪しいと確信したのはひと月ほど前よ。でも、タダ働きさせなきゃ損だと思って、このひと月、我慢してたのよ」

初めて圭子は鼻先で笑った。

明日が〈圭子〉の給料日だ。香夜はあらためて圭子の恐ろしさを知った。

「健一は、悪かったたって土下座したわ。それで許されると思ってるのかしら。そのうち、後悔するわ。よりによってミミとなんか」

圭子はドンと音をたてて、カウンターにグラスを置いた。

8

ミミは仕事に来なくなり、三沢も〈圭子〉に姿を現わさなくなった。

香夜の部屋に、ミミがあれから何回か電話をかけてきた。

『ママは包丁持ってこの部屋に来たの。畳に包丁を突き刺したわ。殺されるかと思ったわ……』

『三沢さん、二度と浮気しないってママに土下座したの……ママとは別れたい、私のことを愛してるって言ってくれてたのに酷《ひど》い……』

『会社にママが電話掛けてきて、私が出ると切るの。毎日何回も……電話取った人が、太くて低い声と言うからママなのよ』

『ママが社長に、私が水商売してて売春までしてるって言ったらしいの。私、会社を馘になっちゃったのよ……』

ミミからそんな電話があったことを、香夜は圭子にしゃべっていない。三沢を愛していただけ、圭子の憎しみは大きいのだ。

ひと月もすると、圭子はだいぶ落ち着いてきた。

「香夜ちゃん、今まで本当にありがとうね。今日で店を閉めるから」

開店の六時ちょうどにやってきた圭子の言葉に、香夜は息を飲んだ。昨日まで、圭子はそんなことをおくびにも出さなかった。

「健一の奴、後悔しても遅いのよ。あれから、毎日泣きを入れてくるの。許してもらおうと思ってるのよ」

フンと笑った圭子は、店は居抜《いぬ》きで売ったこと。明日から別の女がこの店をはじめること。マンションも場所がいいので売れたこと。明日早朝までには別のマンションに引っ越して仮住まいし、二、三カ月後には、契約している中古マンションを正式に買うことになるだろうなどと話した。

「健一に、明日のお昼にマンションに来てと言ったの。嬉しそうにしてたわ。もぬけの殻の部屋を見てショックでしょうよ。夕方にはここに来るはずよ。そしたら、ここも別の人のものになってるってわけ。健一のマンションを契約したのは私。そこも打ち切ってきたわ。金のない男がどんな惨《みじ》めなものか、思い知るといいわ。私の行く先は誰にも話さないようにって、不動産屋にも、引っ越しセンターにも言ってるの」

ミミを退職に追いやっただけで満足していると思っていた香夜は、圭子の憎悪の大きさに寒気《さむけ》を覚えた。

「閉店のこと、誰にも言っちゃダメよ」

圭子は香夜に念を押した。

それから、昨日までと同じ時間が流れていった。

「スーさん、もうじきボトルが空になるわ。新しいのを入れるわよ」

「ヤスさん、あと少しでボトルが空くから、今日のうちに入れとかない？　少し安くしてあげるから、この次入れるより得よ」

閉店のことを客に言うなと口止めした圭子の意図がわかり、香夜は罪悪感でいっぱいになった。最後の最後まで圭子は客から一円でも多くの金を搾り取ろうとしている。

営業は零《れい》時までだが、三十分前に圭子は客を追い出し、看板の明かりを消した。

来店が二日に一度ほどになっている伊藤は、閉店まぎわに駆け込んできた。香夜はほっとした。

「つき合いで抜けられなくて……看板が消えてたからもうダメかい？　あれ、どうしたの？」

ボトルを棚から下ろしている圭子と香夜に、伊藤は怪訝《けげん》な顔をした。

「伊藤チャン、外の看板入れてくれる？　それから呑んで。三十分から一時間かかると思うから」

〈圭子〉の看板を入れた伊藤に、香夜が店は今日までだと話した。圭子がドアに鍵をかけた。

「伊藤チャン、香夜ちゃんを大切にしてよ。香夜ちゃんの給料には、死んだつもりで半月分プラスしてるから、それで許して。伊藤チャンがついてるから、お金、困ることないわね」

圭子はいつもより少しだけ厚い給料袋を香夜に渡した。

ケチで、最後の最後まで客から汚く搾取した圭子だけに、香夜は圭子から信頼されている自分を感じた。圭子を憎めない気がした。

居抜きなので、片づけるものはボトルぐらいだ。数個の段ボール箱に、圭子は高い酒から順に入れていった。

「あ、これ、スーさんが今日入れたばかりのボトル。これはさっきヤスさんが入れた、まだ開けてない奴。香夜ちゃん、持って帰っていいわよ」

香夜はふたりの客にうしろめたさを覚えたが、いちおう圭子に礼を言った。

「伊藤チャン、どうも今までご馳走さま。これ、ほんのお礼」

圭子が伊藤が呑んでいる十二年ものより安い、バランタイン・ファイネストの未開封のボトルを差し出した。そして、十七年ものの高いバランタインは、ちゃっかり段ボール箱に仕舞った。

伊藤が重い段ボール箱を外まで出してやろうとしたとき、誰かがドアをノックした。圭子が鍵を開けた。

「兄さんよ。ボトルを預かってもらおうと思って、車を頼んどいたの」

圭子とよく似た丸い顔の男だ。兄というのが嘘ではないとわかった。

「圭子がお世話になりました」

男は段ボール箱を自分の車に急いで運び込んだ。埼玉ナンバーだった。

「香夜ちゃん、落ち着いたら電話するからね。伊藤チャン、元気でね」

店に鍵をかけた圭子は、兄の車にいっしょに乗り込んで去っていった。

まだ一時前だ。驚くばかりの閉店劇だった。

9

「いっしょに風呂に入ろう」

いつものこぎれいでやや広めのラブホテルに入った伊藤は、〈圭子〉の閉店劇にまだ呆然としている香夜に、やさしい声をかけた。

初めて香夜が頷《うなず》いた。

洗い場で女園を隠してモジモジしている香夜を、伊藤は笑いながら引き寄せた。肩から湯をかけ、スポンジに石鹸《せっけん》をつけて泡だてた。まず首筋を洗った。肩、乳房と軽くこすりながら下方に移っていった。

香夜はまたしっかりと両手で秘部を隠した。

「手をどけてごらん。大事なところが洗えないじゃないか」

「いや……あとは自分で洗うから」

「もうお尻をペンペンされたいのか？　ほら、邪魔だ」

伊藤は力ずくで香夜の手をどけた。恥骨のあたりに、ほんのり薄い若草が生えているだけだ。伊藤はこの可愛い女園の景色が気に入っている。だが、いまだに香夜は恥ずかしがっている。

「脚をもっとひらいてごらん。大事なところが洗えないと言っただろう？　手は肩」

洗い場にしゃがんだ伊藤は、香夜の手首を取って自分の肩に載せた。

「ねェ……ほんとにおかしくなァい？」

不安そうな香夜の口ぶりだ。翳りのことを言っている。

「おかしいはずがないだろ。世界一可愛いオケケだ。世界一可愛いおマンジュウだ」

伊藤は花びらや肉芽を洗ってやった。

「あぁ……いやん」

白い尻がくねくねと踊った。シャボンではない別のヌルヌルが、すぐに指に触れた。伊藤の肉棒がむっくりと起き上がった。

「これをナメナメしてごらん」

香夜を跪《ひざまず》かせ、伊藤が立った。黒い茂みから太く立ち上がっている肉棒を、香夜はピンクの唇のあわいにはさんだ。そして、ゆっくりと顔を前後に動かしはじめた。睫毛《まつげ》がふるふると揺れた。

「いい気持ちだ。だいぶうまくなったぞ」

気をやる寸前までフェラチオさせ、浴室を出た。

伊藤は先にベッドに入った。

伊藤の背広がソファーに置いてある。皺にならないようにハンガーに掛けておこうと、香夜は背広を取った。ポケットから何かが転がり落ちた。

それを見た香夜の躰がこわばった。

「早くおいで。どうしたんだ。あ……」

社員バッジを手にしている香夜に、伊藤は息を飲んだ。

「パパの会社の人だったのね……騙してたのね……」

伊藤からは名刺をもらっていないし、連絡先も聞いていない。だが、父親の会社の社員とは想像もしなかった。香夜は動揺し、目を潤ませた。

「騙すつもりはなかった……社長から娘を極秘に捜《さが》してくれと頼まれて……」

渡された数葉の香夜の写真を脳裏《のうり》に焼き付け、伊藤は毎晩、何軒もの店をはしごした。

「君を見つけたとき、すぐに連絡しなければと思った……でも、それは忍びなかった……」

従業員千五百名ほどの、海外にも生産拠点を持つ鋳造メーカー取締役社長のひとり娘。それが、香夜の源氏名を使っていた兵藤小夜香《ひょうどうさやか》だ。

ワンマンな社長は、この自由な時代に、娘の結婚まで勝手に決めてしまった。夫人も日頃から兵藤に口答えできず、何度か実家に戻ったことがある。それは、古い社員ならたいてい知っていることだ。

父親に反抗した香夜は、大学を卒業すると、ついに家を出た。それ以来、知り合いのところに身を寄せてもすぐに連れ戻されると、母親にも連絡していない。

香夜にとって、履歴書のいらない手っとり早く働ける仕事が水商売だった。

店を何軒か替わったのは、一カ所に長居は禁物だと思ったからだ。できるだけ小さな三流の店が安全だと思うようになった。

高級なスナックに勤めたとき、ある客から、根掘葉掘、身元を聞かれたことがある。香夜は翌日からその店には行かなかった。

「君に似ている人がスナックで働いていたのを見かけたという知らせで、社長は部下の数人に金を持たせ、極秘で夜の酒場を調べさせることにしたんだ。嫁入り前の娘におかしな噂《うわさ》がたっては困る。大手企業の専務の息子が娘を気に入っているだけに、悪い虫がつかないうちに、さっさとその男に嫁《とつ》がせなくてはならない。秘密保持のためには、興信所も胡《う》散《さん》臭くて危険だと社長は言った……」

伊藤は密かに社長令嬢の探索を命じられた、兵藤の信頼篤《あつ》い部下のひとりだった。

「こんなことが社長に知れたら、まちがいなく馘だ。いや、馘にするくらいじゃ、社長の気持ちはおさまらないだろう。女房とも離婚だ。でも、それでも本望だ。君を捜し続けているとと社長を騙して、その費用をたっぷりもらっていたが、君を騙すつもりはなかった……事実を話すきっかけがつかめなかったんだ……悪かった」

ため息をついた伊藤は、ベッドから出て下着をつけようとした。

「待って。行かないで……お願い」

香夜は伊藤の胸に頬をすりつけた。

「あなたとこうなってから、毎日が楽しかったわ……あなたが必要なの」

「僕は悪い男だ。歳《とし》もちがう。いい男はいくらでもいるはずだ」

「いや……他の人はだめ……きっとあなたには奥さんがいると思ってた……でも、私としょっちゅうこんなところに泊まってるし……奥さんとは、あんまりうまくいってないのかもしれないとも思ったわ。でも、そんなこと、どうでもよかったの。少しでも長くあなたといられるだけでよかった……甘えられる人なの。私を置いていかないで」

香夜は今回の圭子と三沢の顚末《てんまつ》を見ていて、伊藤もある日、痕跡も残さず自分の目の前から消えてしまうのではないかと恐れていた。

「……君なんて言わないで。小夜香もいや。ずっと香夜って呼んで。私の前から消えないって約束して」

正体がわかってもすがってくる女に、伊藤は胸が熱くなった。

「約束してほしいなら」

伊藤はそう言うと、いったん言葉を切って香夜を窺《うかが》った。

「約束してほしいなら、脚を大きくひらいて、自分の指でソコを触ってごらん。ときどきオナニーぐらいするんだろう？」

「いやあ！」

恥ずかしすぎる言葉に、香夜は総身を揺すった。

「いやいやいや。できない……そんなこといや」

破廉恥なことを撤回してほしいと、香夜は首を振り続けた。だが、伊藤は許さなかった。服を着るそぶりを見せると、香夜は泣きだした。

「行かないで……」

「じゃあ、できるか？」

仰向けになった香夜が、恥じらいながら脚をひらいた。そして、ゆっくりと秘芯に指を伸ばした。

「バカ……」

香夜は鼻をすりながら、淡い花びらを可愛く揉みしだきはじめた。

見知らぬ女

1

朝までやっている居酒屋で呑《の》んでいた義雄《よしお》の横に、年の頃、二十三、四の女が座った。目鼻立ちがはっきりした色白の女は、黒のレザーのミニスカートに、ピンヒールのように細く尖《とが》った踵《かかと》の高いブーツを履《は》いている。ハイネックのセーターも黒。胸のふくらみが豊かだ。ショートカットの顔は小さく、全体のバランスがやけにいい。

連れのいない義雄だが、自分から女に話しかける気はなかった。どうせ無視されるのはわかっている。他の席に移られるかもしれない。それなら黙って呑み、できるだけ長く横にいてもらったほうがいい。

義雄は三十一歳になるが、どうみても扁平《へんぺい》な顔つきで今風とはいかず、背も低い。これまで女にモテたことがなかった。だが、高校を卒業して就職したときから今の職場におり、会社の信用は厚い。真面目《まじめ》な男で通っている。

しかし、いかに真面目な男と思われていても、ワンルームマンションに戻ればアダルトビデオを見て過ごすこともある普通の性欲の持ち主だ。

金を出して風俗に通えば、客として相手にしてもらえるが、コンドームなしの中出しなどできない。ゴム越しの膣《ちつ》ヒダの感触では味気ない。しかし、それはいいほうで、挿入《そうにゅう》もできず、手だけで昇天させられることもある。風俗も金次第。いつもはアダルトビデオを見ながらマスターベーションするだけだ……。

「終電がなくなっちゃったのよ」

隣りの女が話しかけてきた。

意外だった。

「ちょっと遠いから、タクシーで帰るわけにはいかないの。夜は割増でよけい高くなるし。ここ、朝までやってるから、徹夜かな。眠いのに参っちゃう。私、莉絵《りえ》」

名前まで教えられ、義雄はますます困惑した。

「朝までねばるには、うんと安いものを頼まなくちゃ。お腹《なか》、空《す》いてるんだけど」

莉絵はポテトチップと焼酎《しょうちゅう》のお湯割りを頼んだ。

「よかったら食べないか……」

女から声をかけてきたこともあり、義雄は遠慮がちに、まだほとんど手をつけていない焼き鳥の載《の》った長方形の皿を押しやった。

「えっ？　いいの？　嬉《うれ》しい。ご馳走《ちそう》になろうかな」

断られると思ったが、莉絵はすぐに手を伸ばし、美味《うま》そうに焼き鳥を食べ始めた。義雄は嬉しくなった。顔といいボディといい、なかなかの女だ。周囲が羨《うらや》んでいるような気がしてならない。

「好きなものを頼めばいい。奢《おご》るから」

「ほんと？」

女は目を輝かせた。

「だけど、焼き鳥を五本も食べて、他にも食べちゃったら太っちゃうかも。ここの焼き鳥、凄《すご》くボリュームがあるし、これだけでいいかも」

皿に載っている大きめの焼き鳥を、全部ひとりで平らげるつもりだとわかり、義雄はおかしくなった。

「ねえ、奥さんいるの？」

三本目に入ったとき、莉絵が尋《たず》ねた。

「いや……」

「じゃあ、両親と同居してるとか」

「いや、ひとりだ」

「じゃあ、泊まっていい？　眠いの」

義雄は耳を疑った。

「泊まってくれるのか……うちでいいのか……いや、変なことはしない」

義雄は慌《あわ》てて付け足した。

莉絵がクフッと笑った。

2

「シャワー、浴《あ》びてきていい？」

「あんまり掃除しないから汚れてるぞ……」

「でも、汚いお湯が出てくるわけじゃないでしょう？」

二十四歳と言った莉絵は、狭いワンルームマンションに着くと、すぐに服を脱ぎ始め、安物のソファの上に、まずハイネックのセーターをポイと放った。

「おい……」

女に慣《な》れていない義雄は、目の前の光景に慌てた。この部屋に住むようになって二年、まだ女が泊まったことはない。

「なあ……」

「なあに？」

レザーのミニスカートのファスナーを下ろしながら、莉絵がかすかに首をかしげた。

「いいのか……?」

「何が?」

「ここで……俺の前で脱いで」

「だって、お風呂入るんだから脱がなくちゃ」

スカートが落ち、黒いキャミソールと大胆すぎるハイレグショーツになった莉絵に、義雄の股間《こかん》のものは激しく反応した。

「あら、やだァ。おっきくなってる」

莉絵は笑っているが、すぐに出ていくと言われるのではないかと、義雄はビクビクしていた。たとえセックスができなくても、莉絵と朝までいたい。映画のビデオでも見ながら話をしているうちに、好意は伝わるだろう。朝までには口説《くど》けないまでも、今後の可能性は出てくる。

「怒るなよ……あんまりいい女だから、勃《た》ってもしょうがないだろ……襲ったりしないから心配するなよ」

「襲わないってことは、エッチしないってこと?」

莉絵が不満そうに尋ねた。

「力ずくじゃ、犯罪になるだろ……？　俺、レイプなんてする男は許せないと思ってるし」

「私の脚《あし》でここまで歩いてきたのに、犯罪になるわけないでしょ？　シテと言ったらしてくれるわけ？」

「当たり前だろ」

このままでは肉茎が疼《うず》いて痛い。理性的なことを言ったものの、すぐにでも襲いたい気持ちだ。

「じゃあ、いっしょにお風呂入って洗いっこして、それから朝までエッチしたいな」

「ほんとか！」

義雄は思わず身を乗り出した。だが、すぐに、

「冗談はよせよ」

笑いを装《よそお》った。

「こんなになっててしないつもり？」

莉絵はキャミソールを脱ごうとした手を止めて義雄に近づき、ズボン越しにもっこりしている股間に手を触れた。

「う……」

たったそれだけで義雄は息が止まりそうになった。

「思ったよりおっきそう。見せて」

莉絵はアッという間に義雄のベルトを外し、ファスナーを下ろしてトランクスから肉茎をつかみ出した。

「やっぱりおっきい。凄い！」

エラが張り、側面に血管の浮き立った一物を眺《なが》め、莉絵は子供のようにはしゃいだ。

「早く脱いで。シャワー、浴びましょ」

いったん肉茎を放した莉絵は、黒いキャミソールを脱ぎはじめた。刺繍《ししゅう》で縁取《ふちど》りされた黒いブラジャーは目を見張るほど豪華で、豊かな丸みを帯びている。

義雄は肉茎をひくつかせながら困惑した。モテたことがないので、女から裸になっていく目の前の光景が、どうしても現実とは思えない。

ブラジャーを脱ぎ、ハイレグショーツも抜き取った莉絵の総身はみずみずしい。豊満なバストはツンと尖り、初々《ういうい》しいピンクの乳首が載っている。細くくびれたウエストについたショーツの跡が生々《なまなま》しい。

薄めの翳《かげ》りは、きれいな逆二等辺三角形だ。ショーツに押されて張りついていた恥毛が、少しずつ立ち上がってくる。

「やあね。早く脱いで。お風呂に入らないままのエッチはいや」

「ほんとにするつもりか……？」

莉絵がキョトンとした顔をした。

「しないつもり？」

聞き返された義雄は、慌てて、いや、と口にした。

「ビールでも呑んでからがいいかなと思ったから……」

莉絵がクックッと笑った。

「ビールはお風呂上がりでしょ？　変な人」

莉絵が浴室に消えた。

「背中、流してくれる？」

義雄は引きちぎるように服を脱ぎ捨て、浴室に向かった。反《そ》り返った肉茎の先から透明液が滲《にじ》みだし、したたり落ちそうだ。

（あの女とできる……最高の女と……）

興奮に脚がもつれそうになった。

シャワーのノズルを片手に、莉絵はほっそりした首に湯をかけていた。それを見ただけで喉《のど》が鳴った。

「狭いだろう？」

声が震《ふる》えた。

「だけど、案外、きれいだし」

莉絵はシャワーの湯を義雄の下腹部に向けた。

「うっ」

感じすぎてまたたくまに気をやりそうになった。義雄は反射的に両手で股間を覆《おお》った。

「ふふ、女もシャワーをアソコにかけると感じるの。初めてシャワーをかけたとき、すぐにイッちゃったもの」

湯の出ているノズルを壁にかけた莉絵は、義雄が股間を覆っている両手の間に指をねじ込み、肉茎をつかんだ。義雄の手が離れた。

軽やかに手をスライドさせはじめた莉絵の掌《てのひら》のやわらかな感触と巧《たく》みな動きに、義雄はすぐさま果てそうな気がして息を止めた。

「凄く硬《かた》いし、おっきくて気持ちよさそう」

義雄は我慢できなくなった。莉絵の背中に手をまわし、むさぼるように唇を吸った。莉絵の舌もすぐさま動き始めた。舌と舌を絡めた莉絵は、片手で義雄の下腹部をまさぐり、肉根をつかんで、ふたたびやんわりとしごきはじめた。

義雄の鼻から荒い息《いき》が洩《も》れた。

莉絵は舌と手を巧みに動かしているが、義雄には余裕がなかった。乳房を揉《も》みしだくことも忘れて、かろうじて舌を動かしながら、あとは下腹部の快感に酔いしれた。

「このまま入れて」

顔を離した莉絵は、立ったままの姿勢で肉茎を秘口に当て、腰をグイッと義雄に近づけた。亀頭が女壺に入り込んだ。あとは締《し》まりのいい肉ヒダを押し広げながら、一気に奥まで沈んでいった。

「あう……いい」

莉絵がセクシーな声で喘《あえ》いだ。

義雄の剛棒はヒダの中で激しく反応した。

「あう……中でペニスがふくらんだわ……気持ちいい」

密着した腰を、莉絵はさらにすりつけた。そして、くねくねと動かした。

「う……締まる……凄いな」

コンドームなしで交わることはめったにないだけに、挿入しているだけで感じる。まして締まりのいい名器だ。こんなラッキーな夜は初めてだ。二度とないかもしれない至福の時間を後悔しないために、存分に楽しみたい。

ズンズンと腰を動かした。出し入れしては腰で円を描き、膣ヒダのやんわりした温かい感触を確かめた。そして、また腰を沈めて奥の奥まで押し込んだ。突き当たった奥の壁のプルプルした感触もいい。

シャワーを出しっぱなしなので、浴室は暖かい。密着した部分から全身に快感が広がっていく。

「いい。おっきいの好き。あう……もっと」

義雄は何度も子宮の奥をめがけて腰を打ちつけた。壁に背をつけている莉絵が、白い歯をちらりと見せながら喘いでいる。眉間《みけん》の皺《しわ》が可愛《かわい》い。乳首が果実のようにしこり立っている。

交接した部分がより密着するように、莉絵は片足を義雄の背中にまわした。

「あう、イキそう」

シャワーの音に混じって、チュブチュブと破廉恥《はれんち》な抽送音がする。義雄は抜き差しの速度を速めた。

「くっ！」

秘口が激しく痙攣《けいれん》し、肉茎の根元をキリキリと締めつけた。

義雄も我慢できずに多量の白濁液を噴《ふ》きこぼした。

3

「ねェ、オクチでして」

翌日になっても部屋を出ていくようすのない莉絵は、昨夜、風呂で交わってから、ほとんど眠らずにセックスをし続けたというのに、疲労でぐっすりと寝込んでいた義雄を強引に揺り起こした。

壁の時計は九時を指《さ》している。

「まだ二時間しか寝てないじゃないか……もう少しだけ寝かせてくれ。今日は休みだから、ゆっくりできるんだ」

セキュリティサービス会社に勤めているので、日々鍛錬と思い、これまで積極的に躰は鍛えてきた。会社と自宅の往復しかしていない同年代の男達に比べて余分な肉もついていないし、体力にも自信があった。だが、三十路《みそじ》を過ぎてしまっただけに、確実に体力は衰《おとろ》えているらしい。莉絵となら、二日でも三日でも寝ないでできると思ったが、風呂で一回、ベッドで三回も精を放ってしまうと、全身が激しい倦怠感《けんたいかん》に襲われ、自分の躰ではないような気がする。いくらいい女が相手でも、生身の人間だ。

最後はシャワーも浴びずにたちまち寝入ってしまったが、深い眠りの底にいたときに起こされてしまったようで頭が重い。

「入れなくていいから。オクチでいいからシテ」

「もうちょっとだけ寝かせてくれないか。続けて四回もしたのは久しぶりなんだ……」

「だから、オクチでいいの」

「あと一時間でいい……ぐ……」

動かない義雄に、莉絵はさっさと顔を跨《また》ぎ、口の上にピタリと秘園を載せた。

息ができなくなった義雄はもがいた。腰が浮き、少し隙間《すきま》ができた。義雄は大きな息を吸った。顔に触れる翳りがモゾモゾして痒《かゆ》い。

莉絵は最後のセックスが終わってからシャワーを浴びたらしい。さほど秘園に生臭さはない。だが、たとえ淡い匂いでも、メスの香りはオスを発憤させる興奮剤だ。義雄は疲れを忘れて舌を伸ばした。

「あは……いい……そこ、そこよ」

莉絵が鼻から甘ったるい声を洩らすたびに、女壺から妖液がとろとろと溢《あふ》れ出る。そうなると、オスとしては性欲が増すばかりで、股間のものはいつしか戦闘態勢に入っていた。

「あなたのオクチ、大好き……ああ、上手……んふっ」

昨日の夜までは考えられなかったナイスボディの美女との交わり。その莉絵から何度もせがまれ、今また口戯《こうぎ》を誉《ほ》められると、肉茎を挿入しようと思っていた気持ちを抑《おさ》え、しばらく舌を動かさなければと思った。

会陰《えいん》から秘口、肉のマメに向かって舐め上げる。溢れるぬめりを絶えず絡め取っているというのに、ひとときもそこは乾くことがなく、動かす舌先にねばつきが触れてくる。何回か動かしてはゴクリと飲み込み、またとろみを絡め取る。ときどき下から上への動きをやめ、会陰だけを舌先でつついてみたり、二枚の花びらを左右に揺すってみたり、その尾根をそっと辿《たど》ってみたりする。肉のマメを細長い包皮越しにこねまわしてみたりもする。

薄い翳りが義雄の鼻や口の周辺をくすぐった。

「あう……気持ちいい……いいの……入れて」

ようやく許しが出たが、口戯に夢中になっていたために、挿入することを忘れていた。口の周辺をテカテカと蜜液で光らせた義雄は、躰を起こすと、うっすらと汗ばんでいる莉絵を見下ろし、肉柱を秘園に当てた。腰をずらして亀頭で女壺の入口を探し、そのまま腰を押しつけて挿入していった。

「あは……いい」

莉絵がうっとりした声を出した。

義雄も肉のヒダを押し広げていく心地よい抵抗に、おお……と声を洩らした。

肉杭を包み込む感触が抜群だ。これまで知っている女達とは比べものにならない。もっとも相手は玄人《くろうと》が多く、コンドーム越しの行為がほとんどで、生の感触を得る機会は少なかった。それに直《じか》に交わった女とも、これほどの心地よさはなかった。

肉のヒダが妖《あや》しく蠢《うごめ》いている。抽送しているときもわかるが、動きを止めると、その感触がいっそうよくわかる。莉絵の女壺は肉茎を虜《とりこ》にする不思議な生き物だ。さわさわさわさわと千の触手で側面を撫《な》でたかと思うと、じんわりと締めつけてくる。肉茎全体が動いたり一部分だけ動いたり、いったいどんな女壺なのか、義雄は秘壺の中に頭を入れて、その中を眺めたくなった。

「奥まで入ってるわ……最高……突いて」

ツンと張《みなぎ》った乳房をつかんで、莉絵が誘った。

義雄は腰を打ちつけた。莉絵の喘ぎと、もっと、という言葉に煽《あお》られながら、汗まみれになって腰を引いては突き出した。

「イッていいか」

「あう、だめ。もっと……それがいいの」

入口近くの天井を亀頭でくすぐるようにすると、莉絵は出し入れしているだけのときとは異なった声を上げる。

「そう、そうよ。それが最高」

莉絵はうっとりした声を出している。義雄は頑張らなければと思った。だが、激しい抽送も疲れるが、亀頭だけを入れ、肉傘で入口を引っかけるように動かすのも疲れる。

「やりっぱなしで疲れた。これ以上無理だ……」

「ちょっと寝たじゃない。もっと」

義雄が弱音を吐いても、莉絵はまだまだとせがむ。やむなく義雄は最後の力を振り絞って出し入れし、もっとと言う莉絵を無視して果てた。

「シャワーを浴びてくるから、今度はオユビでして」

若いだけに莉絵はタフなのか。義雄は莉絵の催促の言葉を聞き、全身に錘《おもり》がついたような疲労感を感じた。

「指もダメだ……悪いな。あと少し寝たら元気になるから、もう少しだけ寝かせてくれないか」

「ダメ。寝かせないから」

ふふっと笑った莉絵がシャワーを浴びるためにベッドを抜け出した。

義雄はシャワーを浴びる元気もなく、またも眠りに落ちていった。

4

目が覚めた。途中で起こされずにゆっくりと眠ったらしい。

「やっと起きたのね」

見知らぬ女の声に、義雄はギョッとして躰を回転させた。

「誰だ！」

莉絵とは似ても似つかぬ女がベッドに入っている。

「まあ、そんなに大きな声を出さないで。びっくりするじゃない」

びっくりしたのは義雄のほうだ。激しい動悸がしている。

「どこから入った？　誰だ？」

三十半ばに見える女の、栗色のセミロングのソバージュの髪が色っぽい。肩先が少し毛布から出ているのを見る限り、ワイン色のキャミソールしかつけていない。

「誰だ……」

「莉絵の知り合いの沙都美《さとみ》。よろしく」

「莉絵の知り合い……？」

「そう、札幌《さっぽろ》から出てきたの。莉絵の部屋に泊まるつもりで羽田《はねだ》に着いて彼女の携帯にかけたら、わけがあって部屋は一週間だけ、人に貸すことになってるって言うの。今はここに泊まってるから、こっちに来てって、住所を教えてくれたの。やっと探し当てて来たけど、あなたはぐっすり眠っていたし、起きるまで起こさないでって言われたから、私も眠いし横になってたの」

沙都美といい莉絵といい、いったい何者だと、義雄は困惑した。

「彼女はどこだ」

「九州に発《た》ったわ」

「九州？」

「今度は長崎《ながさき》ですって」

「今度はって？　何をしてるんだ」

「えっ？　知らないの？　アクセサリーの販売。スーパーや個人の店にチラシを入れてもらって、先着何名様に真珠を差し上げますとかいうやつ。その店にも客が来てプラスになるし、莉絵は来た客にクズのような真珠を渡して、それを使えるようにするために、あといくら出せばネックレスに加工してあげるとか、イヤリングにしてあげるとか言うわけ。

他のものを見せて、もっといいのがあるって売りつけたりもするの。クズのような真珠で客を釣って金儲《もう》けするわけ。詐欺《さぎ》みたいなものだけど」

「どうして九州なんだ……」

「全国どこでもまわるの。社長に言われるままに動いてる社員だから、出張ね」

「今夜は帰って来ないのか……」

「長崎のスーパーとか化粧品関係の店を数軒まわることになってるらしいから、四、五日は戻れないって。それまでここで待っててと言われたの」

「四、五日戻れない……？　それまでここで待っててだと……？　どうして」

「だから、莉絵のマンションは誰かに貸してあるわけだし一週間は入れないの。そんなこと、もういいでしょう？」

沙都美は三十路半ばの色気をたっぷりとたたえて、義雄を上目遣いに見つめると、濡れたような唇をゆるめた。莉絵より十歳ほど年上らしい沙都美は、それだけメスの匂いが強い。香りが漂っているわけではないが、総身から突き刺さるほど強烈なメスのオーラが広がっている。莉絵とはまた異質の、熟した艶やかさだ。

「莉絵はいないんだし、あなた、ぐっすり眠っていたから、体力は充分でしょう？」

「うっ！」

股間のものをつかまれ、義雄は声を上げた。

「あら……縮んでる……でも、すぐに大きくなるんでしょう？　ふふ、あら……早いこと。まあ、凄い」

やわやわと側面を握り締められただけで、単純にオスの器官が成長し始めた。そして、またたくまに完全に勃起した。

「腹が減ってるんだ……飯を食いたい。それから……」

大人の女の魅力に誘惑されているが、莉絵と最後に居酒屋で食べたのが零時《れい》過ぎ。夕方になっており、朝食と昼食を抜いている。

「裸の女がベッドにいるのに、ご飯を食べたいですって？　こんなになってるのに？　嘘でしょう？　私に興味があるからこんなに硬くなってるんじゃないの？」

「ほんとに腹が減ってるんだ……」

「だったら私を食べたら？　その前に私が味見してあげる」

布団《ふとん》を剝《は》いだ沙都美は、いきなり太腿の間に顔を埋《うず》め、肉茎をパックリと咥《くわ》え込んだ。

「う……」

フェラチオが始まると、義雄は空腹など忘れてしまった。

沙都美はブラジャーをつけていない。ワイン色のキャミソールとハイレグショーツだけだ。莉絵のようにプロポーションがいい。だが、莉絵とは肉のつき方がまったくちがう。

(どうなってるんだ……夢じゃないのか……?)

自分の傍《かたわ》らに続けて現われたふたりの美女。しかも、自分達から義雄を求めているのだから、現実を容易に信じられるはずがない。三十一歳の今まで、恋人がいない時期のほうが長かった。それに、つき合った女も、これほどの極上ではなかった。その上、たいした女ではなかった過去の相手に、いつも都合よく二股をかけられていたような気がする。そして、自分はいつも本命ではなかったのだ……。

「うっ」

尾骶骨《びていい》に快感が突き抜けていく。義雄の背中がシーツからかすかに浮いた。

沙都美の口戯は巧妙だ。玄人より上手《うま》いかもしれない。紅いルージュを塗《ぬ》った唇が肉茎の太さに丸くなって側面を這いまわっている。淫《みだ》らでセクシーな眺めだ。

唾液の溜まった口に剛直を咥え込んで頭を動かすたびに、ジュブジュブと猥褻《わいせつ》な音がする。唇だけで側面をしごきたてているのではなく、頭を前後させながら沙都美の舌は妖しく屹立のすべてを刺激していく。

側面をしごく唇の内側で、舌が左右にチロチロと動きまわり、頭を引くときには筋裏や肉傘の裏をしっかりと舐めまわしている。そして、さらに頭を引いたとき、亀頭を丸く舐め、鈴口《すずぐち》に舌先を押し入れる。それから、また根本まで咥え込み、同じような動作を繰り返す。しかし、まったく同じ動きはなく、微妙なちがいで昂《たか》めていく。

義雄は鼻から荒い息をこぼすだけでは苦しくなり、奥歯を嚙《か》みしめて巧みな口戯に耐えた。このまま果てたいが、まだ沙都美の躰にも触れていない、さっさとイッてしまっては軽蔑《けいべつ》されるのではないかと、義雄は頭の片隅《かたすみ》で考えていた。

口戯に両手が加わり、玉袋をゆっくりと揉みしだきはじめた。

「うっ……おい……イクぞ……そんなにされると感じすぎる」

義雄はハアハアと胸を喘がせた。

沙都美が一瞬、顔を離した。ゾッとするほど艶やかな目だ。

「イッていいのよ」

「だけど……」

沙都美はすでにフェラチオを再開している。

「おい……このままじゃ……入れなくていいのか……うっ」

粘っこい舌の動きに責められ、肉玉を指で弄《もてあそ》ばれていると、いよいよ最後のときがきた。

沙都美の唇がきつく側面を締め上げた。そして、義雄の男を激しくしごき立てた。

「うっ！」

沙都美の喉に向かって、勢いよく精が放たれていった。

硬直の後、義雄は虚脱状態になった。

ゴクッと樹液を呑み込む音がした。

やがて、浴室でシャワーを浴びてきた沙都美が、タオルで義雄の中心を拭き清めた。

「お腹が空いてると言ったわね。おいしいものを買ってくるわ。外に出て食べるのも面倒でしょう？」

衣服を身につけていく沙都美を、義雄はうつろな目で見つめていた。

これほど心地よく強烈なフェラチオは初めてだ。一方的に奉仕して見返りを求めず、文句も言わず、沙都美はこれから食料まで買ってくると言うのだ。

二十四時間前とは明らかに何かがちがっている。

もしかして、ちがう次元に迷い込んでしまったのではないか。外に出ても、知りあいは誰ひとりおらず、別の世界が広がっているのではないか……。

義雄はぼんやりとそんなことを考えた。

玄関でドアを閉める音がした。

熟睡したと思っていたが、義雄はまたうつらうつらした。そして、ハッとした。

莉絵と沙都美は男達の家に入り込み、現金や通帳を盗む常習犯ではないのか。そう考えれば、調子のよすぎる一連の流れが理解できる。

義雄はバネ仕掛けの人形のように勢いよく起きあがり、慌ててジャケットの財布を確かめた。カードも現金もそのままだ。通帳や印鑑も確かめたが、何も紛失したものはない。ホッとした。だが、それ以上に、疑問が深まった。

なぜだ……。なぜ俺が……。

極上の女とセックスできることが不思議でならない。昨日までの自分を知っているだけに、急にモテる男になったのだと自信を持つほど傲慢《ごうまん》にもなれない。

莉絵達がコソ泥ではないとわかると、勢いよく飛び起きた元気も萎え、また激しい倦怠感に襲われた。

俺はちゃんと二十四時間前と同じ世界にいるんだろうか……。

現実に納得できない義雄は、そんな疑問をふたたび抱いた。

今朝までの勤務で、今は自分の部屋にいるはずの職場の友人、丹波《たんば》に電話をかけてみようと、義雄は携帯電話を取った。

コール音は鳴っているが、なかなか丹波は出ない。携帯はいつも身近に置いているはずだ。風呂だろうか。一度切り、またかけてみた、やはり丹波は出ない。

俺はやっぱり、ちがう次元に迷い込んだのか……？

不安がふくらんできた。

もしも沙都美と莉絵も戻ってこなかったら、ひとりぼっちの世界を彷徨《さまよ》うことになるのだろうか……。

義雄の背中に悪寒《おかん》が走った。しつこく丹波の携帯に電話をかけ続けた。丹波は義雄よりひとつ年上でまじめな男だ。やはり、さほどモテない男で、まだ独身だ。義雄は丹波と気が合う。仕事でいっしょに動くときは何も言わなくても通じるようなところがあり、やりやすかった。

「はい……」

何度かけ直しただろう。丹波の声がした。自分がひとりだけ異空間にいるのではないという安堵に、義雄の全身は感激で熱くなった。

「何してるんだ……」

丹波に電話を取られると、他に用もなかっただけに何を言っていいかわからなかった。

「別に……」

気怠《けだる》そうな丹波の声だ。

「悪いな。休んでたのか。ちょっと退屈してかけただけなんだ。今夜、呑まないよな？」

疲れ果てているだけに、外に出る元気もないし、丹波と呑もうとも思わないが、社交辞令でそう言った。仕事の時間帯がいっしょのとき、帰りに呑むことはあるが、こうしてわざわざ休みのときに落ち合って呑んだりすることはほとんどない。

「ちょっと取り込んでるんだ……悪いな」

「寝てたんじゃないのか」

「いや、ベッドの上だけど……」

丹波は言いづらそうに言った。

「あ……彼女といっしょか……いや、悪かった」

義雄は慌てて携帯を切った。

義雄と同じで、決してモテる男ではないが、人柄もいいし、彼女のひとりぐらいできてもおかしくない。そろそろ結婚してもいいころだ。義雄は丹波が近々ゴールインするかもしれないと思った。

少なくとも異次元に迷い込んだのではないらしいとわかった義雄は、浴室に行き、熱いシャワーを浴びた。少しスッキリした。

5

寿司に白和《しらあ》え、茶碗蒸し、焼き鳥がテーブルに並んだ。茶碗蒸しと焼き鳥はレンジで温めた。

「和食がダイエットにも健康にも最高ね。これでよかった？」

本当は、血のしたたるようなステーキでも食べて元気を出したいが、買ってきた沙都美に文句を言うわけにもいかない。それに疲れすぎているので、さっぱりしたものも、案外、美味《うま》い。

「彼女の知り合いって、歳《とし》が離れてるし、友達じゃないんだろう？」

「えっ？　歳が離れてたって友達ってこともあるわ」

「そうだろうけど……で、仕事は？」

「だから、九州って言ったでしょう？」

「彼女のことじゃなく、きみのこと」

「有給休暇を取って出てきたの。だいぶ残ってたから」

「前もって彼女に連絡しなかったのか」

「いつもこんなものかな」

沙都美は思わせぶりに笑った。

「莉絵のところがだめならホテルを取るつもりだったの。でも莉絵がここにいるように言うもんだから」

「よくここがわかったな」

義雄は中トロを頰張《ほおば》った。

「住所がわかれば簡単じゃない。マンションの名前がわかっていればなおさら簡単」

「だけど、彼女は……その……ここに来たのは初めてだし、住所は知らないはずだがな」

「そこら辺に、郵便物でも置いてあったんじゃない?」

ダイレクトメールならしょっちゅう来る。確かにその宛名を見れば、いちいち義雄に聞かなくても住所ぐらいわかる。もやもやしていた疑問がひとつ解けた。

「目が覚めたとき、見たことがないきみがいたからびっくりした……」

だいぶ満腹になったとき、義雄は言い訳をはじめた。

「彼女の友達のきみにあんなことしてもらって……まずかったと思ってる……何もなかったことにして、彼女にはないしょにしておいてくれないか。してもらっただけで悪いけど……」

せっかく莉絵と知り合って深い仲になったのに、沙都美ともそうなってしまえば、莉絵を失ってしまうことになる。沙都美のフェラチオには未練があるが、ここは欲望を切り捨てるしかない。

「やあね。そんなこと気にしなくていいのよ。莉絵と私はそんなこともわかり合ってる仲なんだから」

「わかり合ってるって？　意味がわからないな……」

「はっきり言って、私達、両刀遣いなの。でも、お互いにどんな男とセックスしても許せるけど、女とは許せないの。わかった？」

義雄は謎めいた沙都美の言葉の意味を考えた。

「もしかして……きみと彼女は深い関係とか……で、女には嫉妬《しっと》するけど、男には嫉妬しないということか」

「ふふ、もしかしてじゃなくて、その通り。だから、男は共有しても平気なの」

沙都美はテーブルから立ち上がった。

「コーヒーいただくわよ」

部屋にあったインスタントコーヒーを入れた沙都美が、不揃《ふぞろ》いのふたつのカップを手に戻ってきた。

コーヒータイムが終わると、沙都美は義雄をベッドに誘った。日ごろから躰を鍛えている義雄は、だいぶ元気を取り戻していた。

「私、上が好き」

裸になった沙都美は義雄の上に腹這いになり、乳首を舌先でつついた。

「あう……やめろよ」

女でもないのに、やけに全身がズクズクする。乳首を責められたことがない義雄は、そこから股間へと走り抜けていく快感に戸惑い、思わず両手で胸を隠した。

「ふふ、可愛い」

沙都美は義雄より年上だろうが、三十路を過ぎて女に可愛いと言われるとは思っていなかった。

「オクチでしてくれる?」

沙都美は莉絵がしたように、義雄の顔に跨《また》がり、秘園を押しつけた。

莉絵とはちがう濃密な匂いが鼻孔を刺激した。総身の血液が一瞬にして肉茎に集まり、力強く反応した。

「うんとナメナメして」

ほどよく隙間が空いたとき、義雄は舌を伸ばした。濃い翳りに覆われた女園だ。舌で翳りを掻《か》き分けるように左右に動かして、やっと全体を舐め上げた。ぼってりした花びらと、大きめの肉のマメの感触に、義雄はますます昂ぶった。

それぞれの部分を確かめるように、今度はゆっくりと器官を辿った。莉絵のものとは比べものにならない大きな花びらのようで、肉のマメもやけに大きい。いきなり顔を跨れたので、まだ秘芯を眺めることはできない。

「んふ……上手……いやらしい舌……あう……いい」

舐めまわすたびにぬめりが多量に溢れてくる。

義雄の下腹部に腰を移した沙都美は、肉茎を秘口に押し当て、腰を沈めていった。

「ボウヤを食べたくなったわ」

「うっ……」

義雄は滾《たぎ》った女壺に声を上げた。まるでマグマの中に入り込んだようだ。

「いいわ……ステキなボウヤ」

胸を突き出して喘ぐ沙都美の尻が、色っぽくくねった。腰を動かすたびに揺れる乳房と、ソバージュの髪のふわりとした広がりには迫力がある。まるで犯されているようだ。じっとしているだけで快感を得られるとは、何と幸福な男だろう。義雄は女のように喘いだ。

「どれが好き？　これ？　こっち？」

沙都美は腰を沈めたり浮かせたりした後、左右に腰を揺すりたてた。

「う……お……ん」

どちらも強烈だ。よく締まった肉のヒダは、腰が動くたびに剛棒の側面をしごきたてる。秘口も肉根を千切《ちぎ》るように、キリキリと締めつけてくる。沙都美が動きを止めたときは、秘口と肉ヒダの動きが活発になるときだ。

「おっ！　くっ……」

毎日、括約筋《かつやくきん》を鍛錬しているのではないかと思える驚異的な締め技と蠢きに、義雄は奥歯を嚙みしめた。

「ふふ、我慢しなくてイッていいのよ。時間はたっぷりあるし、何度でもできるんだから」

莉絵のように、沙都美も何度も挑んでくるつもりだ。セックスをやりすぎるとお日様が黄色く見えると聞いたことがあるが、冗談ではないかもしれない。

（今度イッたら六回目か……？　莉絵と始めたのは居酒屋から戻ってからすぐで……それから沙都美が来て……）

女が代われば男はいくらでも元気になれるというものの、短時間で何度でもとなると、やはり体力が持たない。さっきは口でされ、楽にイカせてもらい、今も乳房を揺らしながら腰を浮き沈みさせる沙都美に、またもじっとしたままで絶頂を与えられようとしている。

「イキそうだ……いいのか……俺がしないで……さっきも……あう」

「私は上が好き。男が動けなくなるまでしてあげるのが好き。朝まで寝かせないわよ」

喜ぶべき言葉だが、何度もたて続けにイカされると、この後、しばらくじっとさせておいてくれと言いたくなる。そして、体力を完全に回復してから、沙都美に対してオスとしての力を発揮したい。

しかし、速くなった沙都美の腰の動きに、そんな気持ちも吹き飛んだ。深々と腰を沈められ、膣ヒダ全体で剛直を妖しく包み込まれ、根元を秘口で締めつけられたとき、精液が噴きこぼれていった。

6

「もう……勘弁してくれ……もう勃たない」

気をやってはまたイカされ、何回も射精して、回数も定かではなくなった。

義雄がオスとして沙都美を組み敷く機会はなく、一方的に口や手でいじりまわされ、強引に勃たされ、もう絶対に無理だと口にすると、後ろのすぼまりに指を押し込まれ、前立腺を刺激してイカされる。死ぬかもしれないと思えるほどだ。

だが、じっとしていて奉仕してもらい、イカされる快感を覚えてしまうと、どうなってもいいと思えてきて、波間を漂《ただよ》っている落ち葉にでもなったような気分になる。昇り詰めるたびに疲労も蓄積され、なおさら動けなくなり、沙都美のなすがままだ。

「何時だ？」

「昨日の今ごろ」

沙都美がククッと笑った。

「休ませてくれ……明日の朝は大事な仕事があるんだ……早めに行かないと」

義雄は零時を過ぎたことも知らず、気怠そうに、やっと声を出した。

「こんなときに野暮な人。仕事のことなんか口にしないで」

義雄をひっくり返してうつぶせにした沙都美は、尻たぼを左右に広げ、菊の花を舌先でつついた。

「うっ……やめろ」

沙都美の片方の手が前にまわり、肉茎の根元を握った。

「やめろ……」

義雄の声はただの記号になっていた。

7

携帯電話が鳴っている。何度も鳴り続けている。しばらくして止むと、今度は自宅の電話が鳴りはじめた。

カーテンが閉まっているので暗い。何時かわからない。

「うるさいわね」

沙都美が電話を切った。

「切らないでくれ……」

年老いた田舎《いなか》の祖父母の顔が浮かんだ。いつ何があってもおかしくない。覚悟はしておかなくてはならないと、普段から思っている。

再び電話が鳴ったとき、義雄は気怠い腕を伸ばし、受話器を取った。

「おい！　いたのか！　何て声だ。ひょっとして寝てたのか」

「あ……所長」

「何が所長だ！　バカ野郎！　何時だと思ってるんだ」

「何時ですか……？」

怒鳴られても頭がぼんやりしている。

「何時ですかだと？　丹波と朝まで呑んでたのか」

「は？」

「どいつもこいつも。いったい何を考えてるんだ！　半端なことじゃこの仕事はできないんだぞ！　バカ野郎！　おまえを信じてたのに。そんないい加減な奴だったのか！」

所長に怒鳴られたのは初めてだ。

「すぐ出ろ！」

「体調が悪いから休むと言いなさいよ」

所長の声が大きいので聞こえるのか、沙都美が横から受話器を押さえて囁《ささや》いた。

「体調が悪くて……きょうは無理です」

嘘ではない。しゃべるだけでも億劫《おっくう》だ。仕事などとんでもない状況だ。

「だったらどうしてさっさと連絡してこない。バカ野郎！」

ガチャンと叩きつけるように電話が切れた。鼓膜に響いた。

無断欠勤のようなものだ。何ということになってしまったのだと後悔したが、躰は鉛のように重い。

また沙都美が股間に手を伸ばしてきた。

もう一滴の精液も残っていないと思ったが、指や舌や唇で責められるだけでなく、ときには乳房や尻など全身を使って快感を与えられると、躰は死んだようになっているくせに、肝心のものだけがムクムクと立ち上がってくる。だが、今度気をやったらそのまま心臓も止まってしまい、あの世逝《い》きになってしまうのではないかと思えてくる。

時間の経過もわからず、空腹かそうでないかさえもわからなくなってくる。

「何か食べたい？　何か買ってくるわ。お腹が空いたの。あなたも空いたでしょう？」

沙都美はエネルギーを消耗しないのか、まだ肌も艶やかに輝いている。

沙都美が出ていくと、義雄はそのまま眠りそうになったが、尿意を覚えてトイレに立った。

シャワーを浴びる気力もなくベッドに戻ってテレビをつけると、現金輸送車が強奪されたという、ニュースが流れている。

ボッとしていた義雄は、初めて頭を殴られたようなショックを受け、覚醒《かくせい》した。強奪された輸送車は、本来、自分と丹波が乗り込む予定だった。義雄は貴重品輸送警備という重い職に就《つ》いていた。

莉絵に会ってからの信じられない時間は、このために仕組まれたものだったのか……。丹波も義雄と同じように別の女に近づかれ、精魂尽き果てるまで責められていたのかもしれない。ベッドの上だと言った丹波の疲労した声が甦《よみがえ》った。

ふたりからの女体責めに遭《あ》い、脳も死んだようにくたびれていたが、何とか義雄にも筋書きが読めてきた。

（だったら、もう莉絵も沙都美も戻ってこないな……現金強奪犯の仲間だったんだ）

口惜《くや》しいというより、こんなに疲れているというのに、二度とふたりの美女に会えないと思うと侘《わび》しい。落胆の余り、どっと疲れが増した。

（ここにも刑事が訪ねてくるはずだな……）

急に仕事を放棄したのだ。怪しまれてもしかたがない。丹波も疑われるだろう。

（しかたないさ……でも、それまで寝るか……少なくとも俺は犯人じゃないんだからな）

死者も怪我《けが》人も出ていないのが、せめてもの救いだ。義雄はそのまま眠りに落ちた。

8

目が覚めた。

見慣れた白い天井が広がった。

莉絵と会ってからの一連の不思議な時間は、すべて夢だったのかもしれない。沙都美も夢の中の女だったのかもしれない。ずいぶん眠り続けたようだ。

（そうだ、夢だ……夢だったんだ。何だ、夢か）

ホッとした。現金輸送車が強奪されたのなら、とうに刑事が訪ねてきているか、電話がかかってきているはずだ。だが、まだ所長の怒鳴り声以外の電話もなければ、インターホンを押す者もいない。今考えると、所長からの電話も、夢の一齣《ひとこま》だったにちがいない。

（参ったな……だけど、悪夢というより、最高にいい夢だったというべきかもな。ふたりともいい女だったもんな。莉絵に沙都美か……あんないい女、そうそういやしないさ。死ぬほど俺としやがって……してもらったというべきか）

やけに躰が怠い。だが、鮮明な映像を覚えているだけに笑みが湧いた。モテすぎた自分を思うと滑稽にさえなる。

コトリと音がした。

ハッとして浴室のドアを見つめると、見知らぬ女が入ってきた。

シャワーを浴びてきたばかりのようで、桜色に染まった躰にバスタオルを巻いている。

「誰だ……？」

莉絵や沙都美に劣らぬ美形でセクシーな女だ。だが、夢は終わったはずだと、義雄は慌てた。

「あら、起きたの？　呆れるほどぐっすり眠ってたから起こさなかったのよ」

「誰だ……」

「ナオ。よろしく。沙都美が上京してくると、たまに呑むことがあるんだけど、ちょっと留守番してほしいと言われたの。疲れてるんですってね。栄養剤もたくさん買ってきたわ。いい躰してるんですってね」

毛布を剝がれ、胸のあたりの筋肉を点検するように指で押したナオは、白い手を股間に伸ばした。

「こんなに可愛くなっちゃって。でも、すぐに大きくなるわね。おしゃぶりがいいの？　何でもしてあげるわよ」

ナオはバスタオルを取って裸になった。白い肌に張り付いた漆黒の翳りは、呪いをかけられた黒揚羽《くろあげは》のようだ。

義雄の全身に、これまでにない恐怖が走り抜けていった。

【初出・収録一覧】

情事のツケ
「小説NON」一九九五年八月号／『秘本 禁色』（一九九六年十二月刊）収録
淫惑の天使
「小説NON」一九九七年八月号／『秘本 陽炎』（一九九八年四月刊）収録
不倫の匂《にお》い
「小説NON」一九九四年一月号／『秘典』（一九九九年一月刊）収録
スリリングな関係
「小説NON」一九九九年十二月号／『禁本』（二〇〇〇年八月刊）収録
アクシデント
「小説NON」二〇〇一年三月号／『秘典 たわむれ』（二〇〇一年八月刊）収録
ツキ
「小説NON」二〇〇一年九月号／『秘戯 めまい』（二〇〇二年一月刊）収録
淫の迷宮
「小説NON」一九九六年七月号／『秘本』（一九九六年九月刊）収録
見知らぬ女
「小説NON」二〇〇二年四月号／『禁本 ほてり』（二〇〇二年五月刊）収録

一〇〇字書評

切り取り線

購買動機（新聞、雑誌名を記入するか、あるいは○をつけてください）

□（　　　　　　　　　　　　　　　　）の広告を見て
□（　　　　　　　　　　　　　　　　）の書評を見て
□ 知人のすすめで　　　　　　□ タイトルに惹かれて
□ カバーが良かったから　　　□ 内容が面白そうだから
□ 好きな作家だから　　　　　□ 好きな分野の本だから

・最近、最も感銘を受けた作品名をお書き下さい

・あなたのお好きな作家名をお書き下さい

・その他、ご要望がありましたらお書き下さい

住所	〒				
氏名		職業		年齢	
Eメール	※携帯には配信できません		新刊情報等のメール配信を 希望する・しない		

この本の感想を、編集部までお寄せいただけたらありがたく存じます。今後の企画の参考にさせていただきます。Eメールでも結構です。

いただいた「一〇〇字書評」は、新聞・雑誌等に紹介させていただくことがあります。その場合はお礼として特製図書カードを差し上げます。

前ページの原稿用紙に書評をお書きの上、切り取り、左記までお送り下さい。宛先の住所は不要です。

なお、ご記入いただいたお名前、ご住所等は、書評紹介の事前了解、謝礼のお届けのためだけに利用し、そのほかの目的のために利用することはありません。

〒一〇一-八七〇一
祥伝社文庫編集長　坂口芳和
電話　〇三（三二六五）二〇八〇

祥伝社ホームページの「ブックレビュー」からも、書き込めます。
http://www.shodensha.co.jp/bookreview/

祥伝社文庫

情事《じょうじ》のツケ

平成24年12月20日　初版第1刷発行

著　者　藍川《あいかわ》 京《きょう》

発行者　竹内和芳

発行所　祥伝社《しょうでんしゃ》

東京都千代田区神田神保町3-3
〒101-8701
電話　03（3265）2081（販売部）
電話　03（3265）2080（編集部）
電話　03（3265）3622（業務部）
http://www.shodensha.co.jp/

印刷所　図書印刷
製本所　図書印刷
カバーフォーマットデザイン　芥　陽子

Printed in Japan ©2012, Kyō Aikawa　ISBN978-4-396-33805-3 C0193

祥伝社文庫の好評既刊

藍川京　ヴァージン

性への憧れと恐れをいだく十七歳の美少女、紀美花。つのる妄想と裏腹に勇気が出ない。しかしある日…。

藍川京　蜜の誘惑

その肉体で数多《あまた》の男を手玉に取る理絵の前に彼女の野心を見抜き、けっして誘惑に乗らない男が現われた！

藍川京　蜜化粧《みつげしょう》

父と子の男としての争い。彼らを巡る女たちの嫉妬と欲望。官能の名手が魅せる新境地！

藍川京　蜜の惑《まど》い

欲望を満たすために騙《だま》しあう女と男。官能の名手が贈る淫らなエロス集！

藍川京　蜜猫《みつねこ》

女の魅力を武器に、体と金を狙う詐欺師を罠に嵌めて大金を取り戻す、痛快かつエロス充満な官能ロマン。

藍川京　蜜追い人

伸子《のぶこ》は夫の浮気現場を監視する部屋を借りに不動産屋へ。そこで知り合う剣持遊也《けんもちゆうや》。彼女は「快楽の天国」を知る事に…。

祥伝社文庫の好評既刊

藍川 京　蜜ほのか

迫る女、悦楽の女、届かぬ女……。男盛りの一磨が求める「理想の女」とは？　傑作『蜜化粧』の主人公・一磨が溺れる愛欲の日々！

藍川 京　柔肌まつり

再就職先は、健康食品会社。怪しげな名の商品の訪問販売で、全国各地を飛び回り、美女の「悩み」を一発解決！

藍川 京　うらはら

女ごころ、艶上——奥手の男は焦れったく、強引な男は焦らしたい。女の揺れ動く心情を精緻に描く傑作官能！

藍川 京　誘惑屋

同棲中の娘を連れ戻せ。高級便利屋・武居勇矢が考えた一発逆転の奪還作戦とは？

藍川 京　蜜まつり

傍若無人な社長と張り合う若き便利屋は、依頼を解決できるのか？　不況なんて吹き飛ばす、痛快な官能小説。

藍川 京　蜜ざんまい

本気で惚《ほ》れたほうが負け！　女詐欺師vs熟年便利屋の性戯《テクニック》の応酬。ドンデン返しの連続に、躰がもたない！